CONSEILS D'UN ONCLE

A SON NEVEU

SOUVENIRS DU XVIII⁰ SIÈCLE

ORLÉANS

LIBRAIRIE H. HERLUISON

Marcel MARRON, Successeur

17, RUE JEANNE-D'ARC, 17

—

1901

CONSEILS D'UN ONCLE

A SON NEVEU

SOUVENIRS DU XVIIIe SIÈCLE

ORLÉANS

LIBRAIRIE H. HERLUISON

MARCEL MARRON, SUCCESSEUR

17, RUE JEANNE-D'ARC, 17

—

1901

NOTICE

Les *Conseils d'un oncle à son neveu* ont été écrits en 1748 par Louis-Nicomède Tristan, Comte de La Tour, Maréchal de Camp, mort en 1754, gouverneur de la Flandre maritime, pour son neveu Marie-Nicolas Tristan de Houssoy, entrant au service, à l'âge de quatorze ans, au Régiment de Béarn.

Le fragment, reproduit ci-dessous, d'une lettre qu'il écrivait à sa mère en 1734, montre quelles étaient les impressions du Comte de La Tour, lorsque, pour la première fois, à l'âge de 32 ans, il se trouvait au feu, au siège de Philippsbourg :

MADAME ET TRÈS-HONORÉE MÈRE,

« ... Je me porte le mieux du monde.....
...... (Vous pensez) qu'il est impossible de se sauver dans l'armée, parce qu'on n'a pas le temps, dites-vous, de songer à Dieu. Je voudrais bien vous tenir ici seulement vingt-quatre heures. Je vous ferais bien tomber d'accord qu'une seule promenade à la tranchée fait plus d'effet que cinquante sermons excellents du P. Honoré. Pour moi, je vous assure que toutes les fois que j'y ai été jusqu'ici, j'ai toujours beaucoup songé à Dieu. Quand vous ne le voudriez pas, certaines balles et boulets qui passent au-dessus de votre tête vous disent aux oreilles « *Pensez-y bien* ». Elles me l'ont dit

presque tous les jours ; car j'ai été à ces se
mons le plus souvent que je l'ai pu.

Nous n'avions pas encore été commandés
pour y aller que depuis cinq ou six jours ; les
ennemis ayant, dans une petite sortie, repoussé
nos gens, l'on a jugé à propos de faire un
détachement de douze mousquetaires pour
aller à la tranchée, pour soutenir les travailleurs,
ou plutôt les grenadiers qui les soutiennent.
J'en fus hier et j'en suis revenu avec mes deux
oreilles. Nous partîmes avant-hier matin. Trente
ou quarante soldats furent tués sur le travail.
Le Mis de B. y fut tué, le Mis du T. blessé aussi
avant-hier. Nous prîmes (ou plutôt un détachement de grenadiers) une demi-lune. Nous ne
perdîmes que quarante soldats tant morts que
blessés et sept ou huit officiers blessés. Les
ennemis étaient cent cinquante dans la demi-
lune. Ils ont perdu 80 tués, 40 prisonniers ; le
reste s'est sauvé. Le Cte d'Arc, des leurs, a été
tué et le Cte de Storendry, fils du gouverneur
fort blessé à la tête. Nous en sommes à la
contrescarpe, où je crois que nous ferons nos
logements demain ou après demain. Nous
serons pourtant encore 12 ou 13 jours au
moins devant la place, qui à ce que l'on croit
souffrira l'assaut..... »

———

(Nicolas Tristan quitta le service en 1773, étant Lieutenant-Colonel du Régiment de Boulonnois et Lieutenant
de Roi à Bonifacio. Il se retira à Orléans, dont il fut le
premier maire élu (1790-1791), et où il mourut en 1820).

CONSEILS D'UN ONCLE A SON NEVEU

Souvenir du XVIII⁰ siècle

Voici enfin, mon cher Neveu, le moment arrivé où nous devons nous séparer. Tous vos exercices sont finis, vous allez joindre votre emploi, entrer dans la carrière de la gloire et de l'honneur, débuter dans le monde et vous y conduire sans autre guide que vos propres lumières.

De ce début dépend le bonheur de votre vie ; les hommes ne reviennent presque jamais des bonnes ou mauvaises impressions qu'un jeune homme leur donne de lui à son entrée dans le monde. Il ne peut donc s'y conduire avec trop de soins et de circonspection et il doit mettre tout en œuvre pour prévenir en sa faveur.

J'aurais voulu qu'il m'eût été possible de vous conduire moi-même au régiment, de vous y faire connaître des chefs et vous y lier avec les jeunes gens de votre âge que j'aurais vus les plus sages et les plus dignes d'être vos amis. Je vous aurais appris moi-même les principes de votre métier, guidé dans vos hautes études et lectures, et en vous menant avec moi dans le monde, j'aurais tâché de vous éviter les fausses démarches auxquelles les jeunes gens ne sont que trop exposés.

Ne pouvant vous faire jouir de cet avantage, j'ai cru devoir y suppléer par quelques avis que je vais mettre par écrit et que je vous prie de relire de temps en temps pour vous les mieux inculquer. Ils sont dictés par l'intérêt que je prends à votre bonheur et par le désir extrême que j'ai de vous voir réussir dans le monde et y mériter l'estime des honnêtes gens.

I. — Religion

Avant d'entrer dans le détail de ce qui regarde particulièrement un militaire, je crois devoir vous donner quelques préceptes généraux qui regardent les hommes de tous états.

Je traiterai d'abord l'article de la Religion comme le plus important, puisque de l'observation des devoirs auxquels elle nous soumet dépendent non seulement le bonheur de cette vie, mais même celui de l'Eternité.

Voilà, mon cher neveu, un chapitre que vous n'entendrez pas souvent traiter dans le monde. La plupart des hommes qui l'habitent s'en occupent peu. Livrés à toutes leurs passions que la religion combat, ils ne songent qu'à la détruire afin de pouvoir s'abandonner sans remords et sans inquiétudes à ces passions. Loin de chercher à s'éclairer et à s'instruire des grandes vérités qui sont le fondement de notre salut, ils font au contraire tous leurs efforts pour ne point voir la lumière, ferment les yeux et travaillent sans relâche à se plonger dans les ténèbres.

Il serait à désirer que tous les hommes, bien convaincus de la vérité, de la majesté et de l'importance de notre Religion, la pratiquassent de leur mieux et en fissent leur principal objet; mais, par une malheureuse suite du péché originel, nous sommes nés avec un grand penchant pour le vice et un éloignement pour la vertu. Les passions, qui sont en nous, croissent, se fortifient et prennent le dessus à mesure que les enfants deviennent hommes. Si quelques-uns paraissent exempts de cette tyrannie et ne font voir dans leur jeunesse que des inclinations vertueuses, ce sont des grâces particulières que Dieu accorde à un petit nombre, par des raisons qui nous sont incon-

nues, souvent à la piété des pères et des mères.
Admirons-les ; prions Dieu de nous accorder
les mêmes grâces : mais voyons les hommes
tels qu'ils sont, presque tous soumis à leurs
passions. Il y en a cependant plusieurs qui ne
s'y soumettent pas sans remords. Instruits dès
leur jeunesse des principes de la Religion, qui
combat tous ces malheureux penchants, ils
voudraient s'épargner les cris sourds de la
conscience et ils commencent par désirer dans
leur cœur que cette religion soit fausse :
« *L'impie a dit dans son cœur : il n'y a pas de
Dieu.* » C'est-à-dire qu'il l'a désiré ; car toute
la nature lui prouve son existence, mais comme
ce désir ne suffit pas pour éteindre ses remords, il se sert de toute l'étendue de son esprit et des lumières que Dieu lui a données,
non pour se convaincre de la grandeur et de la
vérité de la Religion, qui en serait l'usage naturel, mais à trouver des raisons pour la combattre et déraciner de son cœur jusqu'au
germe que la nature y a placé. Il n'arrive que
trop souvent que Dieu, en punition de cette
mauvaise disposition du cœur, abandonne
l'esprit à ses propres lumières, qui ne sont par
elles-mêmes que ténèbres. Dieu, par un jugement, dont lui seul pourrait rendre raison, a
souvent accordé à des hommes de ce caractère
un génie supérieur, dont ils ne font usage que
contre leur bienfaiteur. Leur imagination vive

et déliée leur fournit une foule d'arguments et de raisonnements captieux, dont ils semblent anéantir tous les principes et avec lesquels ils séduisent les hommes d'un esprit faible, peu instruits, ou en qui les passions prennent le dessus et qui, pour être plus tranquilles, désirent ardemment que ce qu'on veut leur prouver soit vrai.

Voilà le principe d'incrédulité qui n'est aujourd'hui que trop à la mode, non seulement parmi les hommes, mais même parmi les femmes dont la piété était autrefois l'apanage. On se fait honneur aujourd'hui de ne rien croire, d'être esprit fort, de penser que Dieu est trop au-dessus de nous pour daigner s'occuper de nos actions, encore moins y attacher des récompenses et des punitions après cette vie. Enfin on renonce au plus grand avantage accordé à l'homme, l'immortalité de l'âme, et, pour se livrer sans remords au torrent de ses passions et goûter, pendant un très petit nombre d'années, des plaisirs fort courts, toujours mêlés de peines, on renonce à un bonheur éternel.

Je n'entreprendrai pas de combattre, par règles, un système aussi faux et aussi dangereux. Nous avons une infinité de grands hommes qui y ont travaillé avec succès. Vous lirez leurs ouvrages quand vous aurez l'esprit plus formé ; vous serez enchanté de la

solidité de leurs raisons, de la clarté de leurs
démonstrations, de l'élévation de leurs sentiments, de la force de leurs principes, de la
justesse de leurs conséquences. Vous y verrez
les incrédules terrassés partout, dépouillés de
leurs armes et ne combattant plus que par la
dépravation et la corruption de leur cœur.

Je ne veux pas entreprendre de combattre
l'incrédulité ; mais je veux vous prévenir
contre les discours et mauvais raisonnements
des incrédules et des libertins, qui sont répan-
dus dans le monde, avec lesquels vous serez
souvent dans le cas de vivre et dont les raisonnements spécieux pourraient faire impression sur votre cœur, qui, ainsi que celui de tous
les hommes, y est disposé par ses mauvais
penchants.

Réfléchissez un moment ; vous serez convaincu que l'univers, admirable dans toutes ses
parties, n'a pu acquérir cette perfection par
un pur effet du hasard ; que cette multitude
de globes, qui roulent sur nos têtes dans
l'ordre le plus exact, est conduite par un Etre
supérieur à toutes nos idées ; que toutes les
productions de la nature, si variées et si cons-
tantes en même temps, ont un premier mo-
teur ; que, nous-mêmes enfin, nous ne sommes
pas créés et ne nous conservons pas au moyen
de nos propres forces. La façon, dont nous
sommes formés, construits, nourris, est un chef-

d'œuvre. Que de sujets d'admiration dans la structure du corps ! mais quelle supériorité dans ce que j'appelle notre âme, ce je ne sais quoi qui est en moi et fait partie de mon tout, qui pense, se souvient du passé, prévoit l'avenir, combat le présent, réunit à la fois une foule d'idées, les débrouille, les décompose, en fait l'analyse, qui réfléchit, établit un principe, en tire des conséquences justes, qui espère, désire, craint, aime, hait, qui, malgré tous ces avantages, sent encore combien il est faible, ignorant, sujet à l'erreur et quelle distance infinie il y a de lui à un être infiniment parfait !

Quel est, dis-je, ce je ne sais quoi ? Y a-t-il quelqu'un assez déraisonnable pour croire de bonne foi que c'est de la matière et qu'elle soit susceptible de toutes les qualités reconnues dans cet être pensant ? Si on convient que ce n'est point matière, c'est donc un être tout différent que nous appelons esprit, qui n'est point sujet à la corruption et qui ne peut mourir. Dieu, dira-t-on, peut le remettre dans le néant d'où il l'a tiré. Je ne dispute pas à Dieu la toute-puissance et personne n'en a une idée plus noble ; mais pourquoi croire une chose aussi difficile à concevoir, qui ne peut que nous humilier, par préférence à celle que la religion nous enseigne, qui est une source de bonheur éternel. Cet être pensant, notre âme, si avide de connaissances, peut-elle envisager sans horreur de retomber dans le néant ? Les sentiments qui sont en elle, ce désir de connaître un bonheur supérieur à ceux que l'on goûte sur la terre, dans la jouissance desquels on trouve toujours un vide immense, ne démontrent-ils pas que le parfait bonheur n'existe pas ici-bas ? L'idée, que nous avons cependant d'un bonheur parfait, ne prouve-t-elle pas son existence en quelque lieu ? L'Etre suprême peut-il avoir mis en nous un désir aussi vif pour une chimère ? Ce n'est donc qu'après la mort que nous pouvons espérer le connaître. Notre âme est immortelle. C'est dans la seule religion chrétienne que ce trésor est découvert et qu'on nous enseigne la route qui conduit à ce parfait bonheur tant désiré.

Je ne m'arrêterai pas davantage à combattre une chimère. Je parle à un homme convaincu de l'existence de Dieu, de l'Immortalité de l'âme, de la nécessité d'un culte et d'une religion sans quoi l'univers est bouleversé. Je le prie, en conséquence, d'examiner toutes les religions existantes dans le monde et celles qui sont abolies. En trouve-t-il une aussi noble, aussi juste, aussi conséquente que la religion chrétienne, une morale aussi belle que celle de l'Evangile, une histoire aussi ancienne, aussi suivie et aussi sûre que celle de l'Ancien Testament? Elle nous rappelle la grandeur de

notre origine, les causes de notre misère
actuelle, la venue du Messie qui nous a remis
dans nos droits. Elle nous démêle le nœud de
ces deux sentiments contraires qui sont en
nous, l'idée d'une grandeur qui embrasse
tout et veut tout savoir, celle d'une faiblesse
qui nous fait ignorer les choses les plus
simples, grandeur et misère de l'homme, qui
ne peuvent s'accorder que par les lumières
de la religion chrétienne.

Lisez l'Evangile avec attention et réflexion :
quels caractères de divinité n'y trouvez-vous
pas? Tout nous élève au-dessus de l'humanité,
nous rapproche du Créateur, nous détache
du monde et nous instruit de nos devoirs, tant
que nous l'habitons. Qu'y a-t-il de plus majes-
tueux et de plus admirable, de plus concis que
ces deux principes : « *Aimez Dieu de tout votre
cœur et votre prochain comme vous-même* », qui
contiennent toute-la religion, l'amour de Dieu
et la charité, puisque si, avant de faire aucune
action, j'examine si elle n'attaque aucune de
ces deux vertus, je suis certain de remplir
exactement mes devoirs.

Jamais aucune des religions étrangères
n'a enseigné des préceptes aussi sublimes et
aussi conformes aux lumières naturelles. C'est
pourquoi j'admire la mienne et la reconnais
pour la seule véritable.

Dans les autres religions quels abus ! quelles

fables ! que de contrariétés, d'absurdités ! et
quel en est l'objet ? Il faut s'aveugler pour
ne pas connaître la vérité.

Il y a, dira-t-on, des articles bien difficiles
à croire et incompréhensibles. Qui en doute ?
Mais de quel droit exigez-vous que Dieu vous
éclaircisse tous les points ? Quel mérite auriez-
vous si vous ne pouviez exercer votre foi et
en vertu de quoi seriez-vous récompensé ? Vous
exigez d'un homme comme vous, sur lequel
vous n'avez d'avantage que celui d'une naissance
plus illustre ou des richesses, vous exigez,
dis-je, de lui, d'exécuter vos ordres sans pré-
tendre vous deviner, sans représentations,
sans commentaires, mais aveuglément et vous
ne voulez pas obéir à Dieu votre Créateur, de
qui vous tenez tous les biens dont vous jouis-
sez et ceux que vous pouvez espérer. Songez
à la distance immense du Créateur à l'Etre
créé et voyez à quel excès vous êtes injuste
de ne vouloir pas avoir, pour lui, la même soumission que vous exigez d'un homme qui ne
vous est inférieur en rien !

Si on examine sans préventions tout ce que
je viens de dire, on sera déjà persuadé et ce
n'est que pour se fortifier que l'on aura recours
aux preuves de la révélation, à la suite de la
religion révélée depuis Abraham jusqu'à Jésus-
Christ, aux preuves de la venue du Messie,
l'espérance des nations et la cause de notre

salut, à la sainteté de sa vie, à ses miracles, sa passion, sa mort, sa résurrection, son ascension, la descente du Saint-Esprit, la prédication des Apôtres et l'établissement de la religion chrétienne.

Toutes ces preuves réunies sont, ce me semble, plus que suffisantes pour un homme qui cherche de bonne foi la vérité ; mais, s'il pouvait lui rester encore quelques doutes je le prie d'étudier l'histoire de cet établissement de la religion, qui est un miracle incontestable, et le plus grand de tous les miracles. Concevra-t-on jamais que douze paysans pêcheurs, ignorants, sans éducation, sans talents, sans nulle considération, sans puissance et sans protection, méprisés au contraire par tout le monde, concevra-t-on, dis-je, que ces douze hommes puissent inventer d'eux-mêmes une religion toute spirituelle, une morale si sublime, si contraire aux idées connues jusqu'alors et, supposé qu'ils l'aient inventée, qu'ils aient pu la persuader à un peuple prévenu contre, dont les chefs étaient les ennemis déclarés de Celui qu'ils annonçaient, à des hommes dont ils combattaient tous les préjugés, qu'ils forçaient de renoncer aux passions les plus flatteuses et les plus enracinées ?

Ces douze ignorants, imposteurs en même temps, se soumettront-ils à souffrir la mort la plus cruelle et la plus ignominieuse pour

témoigner en faveur d'un imposteur? Persua-
deront-ils à leurs disciples qu'ils ont fait des
miracles éclatants à la vue de tout le peuple,
ou, s'ils n'en ont point fait, les hommes,
quelque fanatiques qu'on les suppose, embras-
seront-ils une religion aussi contraire à leurs
intérêts, qui ne leur laisse envisager qu'un
supplice assuré, tel que l'ont souffert les chefs
qu'ils ont suivis? On peut trouver, je le veux
croire, quelques fanatiques dans une ville ;
mais les savants, les chefs de Synagogue,
les philosophes payens, les gens riches, les
grands seigneurs, les princes, les rois, les
empereurs, qui les a convertis? Les traiterons-
nous aussi de fanatiques? Par quel hasard,
le paganisme, religion qui favorise toutes nos
passions, qui ne propose que des dieux pro-
tecteurs des crimes et aussi criminels que les
hommes, par quel hasard, dis-je, se trouve-t-il
détruit presque par toute la terre, depuis la
prédication de l'Evangile? Cela est-il bien
naturel ?

Réfléchissez : tous les supérieurs temporels,
les prêtres de toutes les religions, les philosophes et les savants, les gens d'esprit en
charge ou en autorité, tous étaient contraires
à la religion prêchée par les apôtres. Elle
détruisait tous leurs goûts, leurs plaisirs,
leurs avantages. Ils s'opposent tous à son
établissement. Cependant douze misérables

pêcheurs et leurs disciples parviennent à la faire recevoir presque par toute la terre en deux ou trois siècles. A-t-on jamais rien vu de semblable, et peut-on désirer un miracle plus éclatant et plus convaincant? Aussi, je ne comprends pas que l'incrédulité se soutienne vis-à-vis tant de lumière.

J'en ajouterai un second, prédit par les prophètes : celui de la disparition des Juifs, qui, bannis de leur pays, méprisés, abhorrés de toutes les nations et dispersés aux quatre coins de la terre, y conservent néanmoins leur langue, leurs mœurs, leur religion, l'espérance du Messie et leurs lois écrites, sans que tout ce que les puissances ont fait pour les anéantir ait pu réussir. Nous voyons tous les peuples conquis se confondre avec leurs vainqueurs et ne conserver aucune de leurs lois, ni même aucune idée de leur origine. Les Juifs seuls existent au milieu de tous les peuples : ils sont établis comme les témoins non suspects de tout ce que Jésus-Christ a enseigné et que les apôtres ont prêché.

La matière est abondante et je ne finirais pas si tôt si je voulais appuyer sur tout ce qui concourt aux preuves de la sainteté et de la vérité de notre religion ; mais j'espère que vous la goûtez assez pour puiser dans les sources et lire un jour les livres qui traitent en détail de toutes ces preuves. Vous verrez

2

Abbadie, dans son *Traité de la vérité de la Reli-gion,* terrasser les athées, les Déistes et tous les Matérialistes ; l'*Abbé du Guet,* dans ses *Prin-cipes de la foi,* vous établir toutes les preuves de la religion catholique ; *Pascal,* dans ses *Pensées,* vous la faire admirer et aimer. Vous y connaîtrez la grandeur de l'homme dans sa création, sa faiblesse et sa misère depuis le péché. *Nicole,* dans ses *Essais de morale,* M. *Mezanguy,* dans son *Exposition de la Doc-trine Chrétienne,* vous enseigneront tous les détails et les devoirs de cette religion. L'abbé *Bouteville* vous la prouvera par les faits ; M. *Bossuet,* le *P. Bourdaloue,* le *P. Mas-sillon,* le *P. Cheminais,* M. *de Fénelon,* M. *Fléchier* vous en feront sentir toutes les beautés, la grandeur, la majesté. Ils vous per-suaderont tout ce que vous devez croire et vous feront aimer un Dieu qui nous aime assez pour nous avoir tirés du néant et nous rendre éternellement heureux.

Vous ne pouvez trop, dans la suite des temps, lire les ouvrages de ces grands hommes et de beaucoup d'autres, pour vous affermir dans la religion et vous prémunir contre les sophismes des esprits forts. Examinez-les bien, vous n'en trouverez pas sans passions. Un homme doux, équitable, sobre, modeste, chaste, sans ambi-tion, détaché des richesses, n'est point esprit fort. Il n'y a donc que le désir de se livrer

sans remords, aux passions dont on est dévoré
qui puisse rendre incrédule.

Evitez autant que vous pourrez toute dispute
sur la religion, surtout vis-à-vis de ces incrédules. Il y entre souvent plus d'amour-propre
et de vanité que de désir de les ramener à la
vérité. Il n'est pas donné à tout le monde de
convaincre et vous pourriez vous laisser sur-
prendre à des raisonnements captieux, d'autant que le cœur y est souvent porté.

Ne disputez pas non plus sur les points de
doctrine qui peuvent diviser l'Église et ses
membres. Laissez ce soin à ceux qui y sont
obligés par état, qui ont étudié la matière et
qui, par leur ministère, sont obligés d'instruire
et de ramener ceux qui sont dans l'erreur. Il
y a plus lieu d'espérer que Dieu leur accordera la grâce de persuader qu'à vous, dont ce
n'est pas l'état.

Soyez donc chrétien et ne rougissez pas de
l'être; remplissez-en tous les devoirs et mo-
quez-vous de ceux qui voudront vous en plaisanter. Plaignez-les et priez Dieu de les éclairer; mais évitez en même temps tout ce qui
peut attirer sans nécessité ces plaisanteries.
Ne bravez pas le danger. Vous n'êtes pas sûr
de le soutenir toujours. N'affichez pas vos
bonnes actions et les actes de religion que
vous ferez. L'humilité d'une part, et de l'autre
la crainte du monde doivent vous retenir. Pre-

nez un juste milieu ; que l'amour-propre ne
vous fasse jamais présumer de vos forces et
que la crainte du monde ne vous fasse jamais
manquer à ce que vous devez à Dieu et à la
religion. Mais ne vous affichez pas pour dévot ;
craignez la vanité et l'amour-propre qui domi-
nent chez tous les hommes et qui prennent toutes
sortes de formes pour les séduire. Que l'idée
de donner bon exemple et d'édifier votre prochain ne vous séduise pas. C'est une illusion
malheureuse qui perd bien du monde, surtout des femmes, qui renonceraient à être dé-
votes, si le public n'en était instruit et qui
souvent ne courent les églises que pour se
faire voir et afficher leurs bonnes actions.
Cette règle souffre des exceptions. Il y a des
femmes remplies de vertu et de piété dans le
cœur, dont l'exactitude à remplir les exercices
publics de la religion sert beaucoup à édifier ;
mais le nombre en est bien rare et, de toutes
les vertus du cœur, l'humilité est la moins pra-
tiquée.

Que votre piété soit sensée et raisonnable.
Etudiez bien votre religion et tout ce qu'elle
nous enseigne. Soyez exacts à en remplir tous
les devoirs, sans bruit, sans faste, sans osten-
tation, mais aussi sans honte et sans timidité.
Soyez surtout chrétien par le cœur. Soyez
dans la ferme résolution de vous sauver et de
ne point offenser Dieu. Que votre première ac-

tion en vous levant soit de le prier. Allez ensuite à vos affaires, remplissez, par préférence à tout, les devoirs de votre état, ceux de
la bienséance, de l'amitié, de la société. Donnez à vos affaires d'intérêt tout le temps
qu'elles demandent. Lisez, étudiez, travaillez
à vous instruire, à vous perfectionner dans les
connaissances qui vous sont nécessaires, utiles,
même agréables. Tâchez d'avoir quelques re-
tours vers Dieu dans la journée, surtout en
changeant d'occupation. Que vos intentions
soient toujours droites et de ne rien faire qui
puisse lui déplaire. Prenez quelques moments
dans la journée pour faire de courtes réflexions
sur l'éternité et sur tout ce qui peut vous conduire à l'avoir heureuse, sur la brièveté de la
vie et sur les dangers continuels auxquels on
est exposé. Faites tous les jours, autant que
vous le pourrez, quelque lecture de piété qui
vous fortifie dans vos bons sentiments. Finis-
sez la journée, comme vous l'aurez commencée, par prier Dieu. Priez-le de tout votre
cœur, avec attention, respect, confiance et espérance d'obtenir les grâces qui vous sont nécessaires. Approchez des sacrements autant
que vous pourrez le faire dignement, mais
sans vous afficher pour être dévot. Mettez dans
cette action tout le respect et la préparation
requis. Voyez si votre état, vos liaisons, vos
affaires, le temps que vous devez au monde,

vous permettent de les recevoir aussi souvent
que vous le désireriez. Les sacrements sont
la source de la grâce ; il serait à désirer que
les hommes pussent se nourrir tous les jours
du corps de Jésus-Christ, qui est le pain de
vie ; mais il faudrait pour le recevoir dignement
vivre dans une retraite et un détachement du
monde bien difficiles à acquérir, quand, par
état, on est forcé d'y vivre. On doit alors com-
munier plus rarement et prendre quelques jours
pour s'y préparer par la retraite et la prière.
Craignez donc d'abuser des sacrements et de
vous en faire une espèce d'habitude qui en di-
minue souvent la majesté aux yeux du cœur et
de l'esprit. Je crois que la meilleure de toutes
les règles est de se conduire en cela par les
lumières de son confesseur et par les progrès
que l'on fait dans la piété.

Soyez certain que si vous approchez dignement des sacrements, vous en serez plus vertueux, plus recueilli, plus occupé de Dieu, plus
ennemi des maximes du monde, plus appliqué
à vos devoirs, plus doux, plus modeste, plus
compatissant, plus retiré, plus sobre, plus pa-
tient, plus aisé à servir, plus charitable. Que
les progrès que vous ferez soient les règles que
vous observerez dans la fréquentation des sacrements et surtout les lumières et les conseils d'un confesseur sage, éclairé et pieux à
qui vous ferez voir l'état de votre âme tel qu'il

est, article bien important et souvent mal
suivi ! L'amour-propre nous suit et exerce ses
droits jusque dans l'examen de conscience et
on se croit beaucoup moins criminel qu'on ne
l'est en effet.

La piété ne consiste pas dans beaucoup de
pratiques extérieures ; ce n'est pas la multitude
des prières vocales qui sanctifie ; ce sont les
bonnes œuvres soutenues de la foi, ce sont les
hommages du cœur que Dieu exige de nous.
Aimons-le, repassons en nous-mêmes toutes
les grâces qu'il nous a faites et qu'il nous accorde journellement. Nous l'aimerons, et il
sera alors le principe et le terme de toutes nos
actions.

Ayez une piété mâle, exempte de scrupules
et de superstition. Remplissez les devoirs ex-
térieurs de la religion, mais ne vous en impo-
sez pas de surérogation qui, le plus souvent,
vous feraient manquer à ceux de votre état.
Laissez aux femmes ces vaines pratiques dont
elles cherchent à remplir le vide qui est dans
leur cœur et qui flattent leur vanité.

Tous les hommes sont nés avec des vertus
et des vices ; ils s'occupent avec complaisance
de leurs vertus et détournent la vue de dessus
leurs vices. Il ne faudrait au contraire que jeter
un coup d'œil sur les bonnes qualités pour en
rendre grâces à Dieu de qui on les tient, et mé-
diter sans cesse sur ses défauts pour travailler

à s'en corriger. Le moyen le plus efficace est
la prière.

J'ai traité longuement le chapitre de la religion parce que c'est sans contredit le plus intéressant, puisque de la pratique de ce qu'elle
prescrit dépend le bonheur éternel. J'ai cru
devoir vous préparer à tous les propos que vous
entendrez tenir dans le monde par les incrédules et les libertins, vous développer les motifs secrets qui les engagent à tenir ce langage,
vous offrir de bonnes armes pour vous garantir
de leur séduction.

Je vous ai fait envisager d'autres dangers
qui se rencontrent dans la pratique de la religion afin de vous convaincre de la nécessité de
l'étudier à fond et d'en connaître tous les devoirs pour les remplir de votre mieux. Vous
ne pourrez espérer y parvenir que par la grâce
de Dieu. Elle ne vous manquera pas, si vous
la désirez sincèrement et que vous lui deman-
diez avec humilité et de tout votre cœur toutes
celles dont vous avez besoin. Il vous éclairera
et vous inspirera la route que vous devez suivre
pour arriver à lui.

Si vous étiez destiné à vivre dans la retraite
vous n'auriez pas besoin d'autres avis que
ceux que je viens de vous donner; mais
comme vous êtes destiné à vivre dans le
monde et dans un état qui exige plus de devoirs qu'aucun autre, je vais tâcher de vous

les détailler en vous indiquant les moyens de
les remplir.

***

II. — Tenue dans le monde

Je vous ai dit au commencement de ceci
que vous alliez débuter dans le monde et que
de ce début dépendaient presque toujours le
bonheur et l'agrément de la vie. Vous devez
donc y apporter tous vos soins; vous ne
pouvez vous conduire avec trop de circonspection. Evitez non seulement les grandes
fautes, mais les plus petits ridicules. Il
faut, pour y parvenir, parler peu, examiner,
écouter et réfléchir sur tout ce que vous voyez
et entendez. Cherchez quelqu'un d'instruit
pour demander ce que vous ignorez. Apprenez surtout les usages du monde et réfléchissez pour voir si ce qu'on vous répond
cadre avec ce que le bon sens et la raison
vous dictent.

Ayez une extrême politesse avec tout le
monde; mais évitez en même temps les compliments. Rien n'est si insipide qu'un fade
complimenteur. Il est plus poli de passer
avant un homme à qui vous devez le respect
et qui veut vous faire passer que d'insister et
de le tenir en arrêt à une porte; c'est une

preuve d'obéissance et de respect, mais vous ne devez pas en prendre le droit de passer avant lui une autre fois. Il faut toujours rendre la déférence que vous devez.

Rendez des respects à tous les gens qui sont au-dessus de vous par leur naissance, par leur dignité et leur grade. Ayez de grands égards pour les gens de mérite, à talents ou d'un certain âge. Soyez poli avec tous vos égaux, surtout avec vos inférieurs qui prendraient pour hauteur et impertinence la plus petite impolitesse.

Vous devez surtout avoir cette attention dans la province où on a beaucoup moins d'éducation qu'à Paris et où on ne connaît point ce qu'on appelle le ton de la bonne compagnie. Ainsi on est forcé d'y faire des politesses plus marquées et qu'on nommerait à Paris des compliments, sans quoi vous passeriez pour impoli. L'expérience vous apprendra la différence qui est entre cette politesse de Paris et celle de la province.

Ne perdez donc pas un instant à vous instruire des usages du monde, des devoirs de politesse, de société, d'état, afin de ne pas passer pour un être sans éducation.

Un jeune homme doit parler peu, même lorsqu'il est question dans la conversation de faits, dont il est mieux instruit que ceux qui en parlent, hors quand on lui demande ce qu'il en

sait; il les dit alors en bons termes, laconique-
ment, sans être obscur et ménageant l'amour-
propre de ceux qui se sont trompés. Si les
avis sont partagés, il ne doit pas s'obstiner à
soutenir le sien. On lui saura gré de sa modestie et de sa douceur. Rien ne déplaît autant
dans la société que l'opiniâtreté, défaut très
ordinaire aux *Picards* (1) dont le génie est
communément borné et qui sont fort mal
instruits.

Evitez surtout d'être conteur d'histoire, et
de vouloir faire rire. Il est peu de bons con-
teurs. La plupart sont fastidieux, se répètent
et sont seuls à rire de leurs prétendus bons
contes.

Cherchez cependant à entrer pour quelque
chose dans la conversation pour n'avoir pas
l'air d'un benêt ou d'un ignorant ou bien de
mépris pour la compagnie ; mais n'ambitionnez
pas d'y faire briller votre esprit ou votre
science. Tâchez au contraire d'y faire briller
les autres ; cette modestie et cette attention
acquièrent beaucoup d'amis. Ne parlez pas de
vous, ni de rien qui y ait rapport. Tâchez au
contraire de faire tomber la conversation sur
des choses qui intéressent agréablement les
maîtres de la maison ou quelqu'un de la compagnie. Si vous savez un événement qui

(1) La famille est originaire de Picardie.

puisse en flatter quelqu'un, rapportez-le et
pesez sur ce qui doit lui être agréable. Ne
perdez pas l'occasion d'en louer quelqu'autre
en passant ou de dire une honnêteté. Évitez,
avec encore plus de soin, de lâcher par étour-
derie ou ignorance rien qui puisse déplaire.
On parle souvent devant des personnes que
l'on ne connait pas ; on raconte un fait où
elles sont intéressées, dans lequel il y a des
circonstances humiliantes pour elles ou pour
leurs parents. Ainsi on ne peut être trop cir-
conspect.

Rien ne forme autant que le commerce des
femmes. Il faut avoir pour ce sexe en général
toutes sortes de respect, d'égards et de défé-
rences. Mais il ne faut se lier avec aucune
qu'avec de grandes précautions et choisir
celles dont la réputation est bien établié,
qui ont le plus de mœurs, d'esprit, de politesse et d'usage du monde. Le commerce des
vieilles femmes est fort utile aux jeunes gens ;
elles se font un plaisir de les instruire des
usages du monde, que l'expérience leur a
rendu familiers.

Il faut avoir le même soin dans le choix des
hommes, avec lesquels on veut faire liaison.
Appliquez-vous à les connaître, avant de leur
donner votre confiance. Sachez s'ils ont
de la probité, de l'honneur, de bonnes mœurs,
du jugement ; s'ils sont polis, discrets et point

méchants. Ne vous liez, autant que faire se peut, qu'avec des hommes de ce caractère. N'ayez avec les autres qu'un commerce de simple politesse, jamais de familiarité, encore moins d'ouverture de cœur.

Faites choix, parmi ceux que vous sympathisez davantage, de celui en qui on découvre ic plus de vertu et de mérite. Tâchez de gagner son amitié; témoignez-lui de la confiance; profitez de son commerce pour apprendre tout ce qu'il peut savoir d'utile et que vous ignorez.

Il y a des hommes sans probité, sans mœurs et qui ont beaucoup d'esprit, de science, d'usage du monde, d'agréments pour la société. Prenez d'eux ce que vous pourrez; commercez-les quelquefois pour faire cette récolte; mais jamais de liaisons intimes. Refusez-vous à toutes les avances qu'ils pourraient vous faire pour vous y engager.

Usez-en de même avec les femmes. Mettez en œuvre tous moyens de vous instruire, mais jamais aux dépens de la vertu. Il n'y a rien de plus agréable et de plus utile que de se faire aimer et désirer partout. Vous y parviendrez si vous avez beaucoup de probité, de douceur dans la société, de sûreté dans le commerce, de fidélité dans le secret et d'attentions journalières pour ceux avec qui vous êtes lié.

Cette réputation est préférable à celle

d'homme de beaucoup d'esprit qui ne s'accorde souvent qu'au mérite de médire et de
saisir le ridicule de tout le monde, de faire des
plaisanteries sur la religion ou de mauvaises
pointes qu'un homme sage doit mépriser.

III. — Vertus militaires

Valeur. — Il faut surtout qu'un homme de
guerre se fasse estimer par la valeur, la probité
et l'exactitude à remplir ses devoirs. Il tra-
vaillera ensuite à se faire aimer et il y réussira
selon les apparences ; mais l'estime est à
préférer. On peut être estimé sans être aimé,
jamais être aimé sans être estimé. Rien n'assure plus cette estime que l'exactitude à
remplir les devoirs de son état. Une probité
à toute épreuve, une valeur froide et réfléchie
qui vous fasse exécuter tout ce qui vous est
ordonné pour le service, sans crainte des
plus grands dangers. Il est permis de les
envisager tels qu'ils sont ; mais on ne doit
jamais balancer à s'y exposer quand le
service l'exige et il faut alors agir comme s'il
n'y en avait aucun. Dieu saura vous préserver,
si c'est sa volonté ; ou, s'il veut vous retirer du
monde, toutes les précautions humaines sont

inutiles. Un accident imprévu ou une maladie vous emportera dans votre lit. Combien d'hommes, sortis sains et saufs des batailles et des actions les plus périlleuses, sont morts quatre jours après d'un accident qu'on ne pouvait prévoir.

Ayez la soumission et la confiance que vous devez à Dieu. Il vous accordera cette valeur froide qui vous laisse l'entière liberté de votre esprit, de votre raison et de votre jugement, dont vous avez alors plus besoin que jamais. N'ambitionnez point ces courages brillants et fougueux, qui, le plus souvent, n'agissent qu'avec colère et fureur, vont presque toujours au delà du but et perdent la tête, moyennant quoi, n'ayant plus ni présence d'esprit, ni réflexion, ni jugement, ils sont déconcertés par le plus petit accident et se trouvent dans l'impossibilité d'y remédier. Soyez dans l'action comme dans votre chambre. Ne pensez ni à vous, ni aux dangers que vous trouverez ; ne soyez occupé que de la besogne dont vous êtes chargé, de la troupe que vous commandez. Examinez les progrès de votre attaque ou de celle de l'ennemi, l'exécution du travail dont vous êtes chargé et remédiez de votre mieux et sur-le-champ aux inconvénients qui s'y rencontrent suivant le temps et les circonstances.

J'ai établi au commencement de cet ou-

vrage que la religion était la première vertu
de tout homme qui est né chrétien, quelque
profession qu'il ait embrassée. J'établis ici
que la valeur est la seconde pour un militaire,
puisque dès l'instant qu'il pèche par le cœur,
il ne peut plus remplir les fonctions de son
emploi. Il s'attire le mépris de tout le monde
et mérite même une punition très sévère. Vous
devez donc regarder cette vertu comme la base
et le principe de toute votre conduite. Priez
Dieu de vous l'accorder et méritez, par une vie
chrétienne, de l'obtenir. Vous ne sauriez croire
combien une bonne conscience, qui ne reproche
rien, donne de courage et de sang-froid dans
l'action. On ne craint pas la mort, puisque
c'est le passage à une vie meilleure.

Probité. — Je donne à la probité le troisième rang parmi les vertus d'un homme de
guerre. Soyez sur cela de la plus grande délicatesse et ne vous contentez pas de ne faire
tort à personne. Evitez même tout ce qui
pourrait vous faire soupçonner.

Examinez, avant d'accorder ou de refuser,
ce que vous voudriez qu'on fît pour vous, si
vous étiez dans la même occasion; c'est la
meilleure de toutes les règles. Elle est infail-
lible.

Rendez justice aux soldats qui vous sont
subordonnés. Ne leur retenez jamais ce qui

leur est dû. Veillez à ce que ceux, qui ont autorité sous vous, en usent de même. Tenez la main
à ce que les retenues, qu'on leur fait par ordre
des supérieurs, soient employées à leur profit,
on leur soient remboursées, s'ils ne manquent
de rien. Rendez-leur tous les bons offices qui
dépendront de vous.

Informez-vous s'ils sont secourus dans la
prison, s'ils sont bien tenus et nourris dans
les hôpitaux. Allez les visiter quelquefois.
Vérifiez les abus et faites votre mieux pour
qu'on y remédie. Si vous en avez le pouvoir,
faites vos représentations au major du régiment, au commandant, au commissaire. Lorsque vous serez commandé, à votre tour, pour
la visite desdits hôpitaux, redoublez d'attention et rendez un compte exact au commandant
de tout ce que vous aurez trouvé à redire.

Tous ces petits soins vous feront aimer et
estimer de tous les officiers qui pensent bien ;
et vous acquerrez l'amour du soldat qu'il faut
bien garder de mépriser, puisque votre réputation et votre vie en dépendent souvent.

Cet amour du soldat ne doit cependant
jamais vous empêcher de faire observer la
plus exacte discipline, ce qui ne se peut que
par la sévérité. Le soldat, né sans sentiments
élevés, sans éducation, n'agit que par la crainte
de châtiment. Ainsi, il faut le punir toutes les
fois qu'il tombe en faute, surtout quand l'im-

punité peut venir à la connaissance des autres
soldats. Une douceur déplacée est une faiblesse
et même·un crime. Mais ne mettez jamais de
colère ni d'humeur et n'ayez d'autre objet que
le bien du service et votre devoir.

Je vous recommanderai de ne pas faire de
dettes. Ce défaut attaque plus la probité qu'on
ne pense. Un jeune homme qui emprunte peut
mourir. Il n'a rien dont il puisse disposer et,
si sa famille refuse de payer ses dettes, les
créanciers perdent leur créance. Ce jeune
homme meurt banqueroutier, crime aussi
grand que le vol, ou, pour mieux dire, qui
n'est autre que le vol. Supposez même que ce
jeune homme soit dans le cas d'avoir du bien
et de pouvoir rendre, il oblige au moins son
créancier à attendre longtemps après son
décès, ce qui dérange ses affaires et lui fait un
tort réel.

Je ne prétends pas dire qu'il soit absolument
défendu d'emprunter ou d'acheter à crédit.
Les règles générales souffrent des exceptions
et on se trouve plus d'une fois, dans la vie,
obligé d'emprunter. Il faut alors s'adresser
autant que possible au major du régiment,
à son défaut à quelque officier du corps, savoir
de lui s'il peut vous prêter l'argent dont vous
avez besoin, sans s'incommoder; prendre un
terme avec lui pour lui rendre son prêt et, sous
aucun prétexte, ne manquer aux engagements

que vous aurez avec lui. Si aucun officier ne
peut vous prêter ce dont vous avez besoin,
ayez recours à d'autres, ou prenez à crédit
chez des marchands ; mais observez toujours
de leur faire votre billet, de prendre un terme
avec eux et ne manquez jamais de payer
à l'échéance.

Il ne faut cependant pas abuser de la facilité
avec laquelle je consens qu'on emprunte. On
ne doit avoir recours à cet expédient que dans
des cas d'extrême nécessité où il est impossible
de se tirer d'affaire autrement.

La règle générale est qu'un homme sage,
dans quelqu'état qu'il soit, ne doit manger que
son revenu. Il doit donc mesurer sa dépense
sur son bien et toucher ses revenus avant de
les dépenser. Lorsqu'il aura cette attention,
il aura rarement besoin de recourir à l'expédient d'emprunter, ou ce ne sera que pour un
terme court qui ne peut déranger ceux qui
lui prêteront.

Si les dettes qu'il a été forcé de faire sont
assez considérables pour ne pouvoir être
payées sur son revenu, il doit emprunter par
contrat de constitution ou vendre des fonds,
s'il en trouve la juste valeur, afin de se liquider
avec ceux qui, pour lui faire plaisir, lui ont
prêté leur argent sans intérêt.

Tous ces emprunts, de quelque nature qu'ils
soient, ne doivent avoir lieu que dans des cas

exceptionnels. Je le répète souvent, parce que
ce défaut n'est que trop commun dans tous les
états, mais surtout dans le militaire et parmi
les jeunes gens. On veut être bien vêtu, avoir
de beaux chevaux, une bonne auberge, donner
à manger, avoir des domestiques qui servent
bien, enfin on veut faire, dit-on, comme les
autres, sans examiner si le revenu est assez
considérable pour fournir à cette dépense.

L'homme sage au contraire calcule son
revenu, et le met à sa juste valeur. Il
se fait une loi de ne rien manger au delà et
même d'en mettre quelque chose en réserve
pour fournir aux accidents. Après quoi il ar-
range sa dépense sur cette somme, commen-
çant par l'absolu nécessaire et ne s'accorde aucun superflu. qu'après avoir bien vérifié s'il
pourra arriver au bout de l'année sans emprunter.

S'il a besoin de chevaux, il les examinera
avec soin pour n'être pas trompé. Il ne se
pressera pas et ne les achètera pas au delà de
leur valeur. Il donnera la préférence au bon
marché et n'ambitionnera pas d'être monté au
prix du mieux. Il n'aura que le nombre de domestiques dont il ne peut absolument se passer.
Il ne se piquera pas de les avoir de bon air ;
mais il les choisira sages, fidèles, actifs. C'est
ordinairement ceux qui se contentent de gages
plus médiocres. Il ne leur abandonnera pas le

soin de ses hardes, s'il a le temps d'y veiller
lui-même, ni de la dépense et des emplettes
qu'il peut faire par lui-même. Il se fera rendre
compte souvent de la dépense qu'ils auront
faite, afin de leur éviter l'occasion de le trom-
per. Il veillera sur eux à la consommation de
tout ce qui est nécessaire dans sa maison et
ne gardera pas ceux qui volent ou gaspillent;
ils gâteraient les autres et les engageraient à
en faire autant. Il y a cependant un milieu à
garder ; car autant est-il mal à un homme de
ne point veiller à ce qu'il ne se passe aucun
désordre dans sa maison, autant serait-il ridicule et méprisable, s'il passait sa vie der-
rière ses domestiques, à les quereller pour un
verre cassé ou une chandelle brûlée mal à
propos. Les petits abus sont inévitables ; il
faut souvent faire semblant de ne pas les voir
et n'être pas le tyran et le persécuteur de vos
valets.

Mais je finis par dire qu'un homme sage qui
vivra avec règle et économie ne mangera que
son revenu et qu'à moins d'un accident, il ne
sera pas forcé d'avoir recours aux expédients
de vendre ou d'emprunter.

Si cet homme sage a de la religion, il éco-
nomisera même sur ce revenu de quoi faire
l'aumône qui est une des meilleures actions,
la plus méritoire, la plus recommandée dans
l'Évangile et la plus propre à expier nos pé-

chés. L'aumône doit être faite avec sagesse et discernement ; être certain, autant qu'on le peut, que ceux à qui on la fait sont de véritables pauvres et non des fainéants et des libertins, que cette aumône ne fait qu'entretenir dans le libertinage. Les pauvres à qui vous devez donner par préférence sont ceux de votre pays, de votre village, vos anciens domestiques, si leur âge et leurs infirmités ne leur permettent plus de travailler; dans les autres pays, les vieillards, les infirmes ou malades, les estropiés ; voilà ceux à qui vous devez donner par préférence, aussi bien qu'aux pauvres honteux, quand vous avez bien vérifié leur misère et l'impossibilité de s'en tirer.

Que le zèle de l'aumône ne vous emporte pas. Un homme charitable a souvent le chagrin d'avoir occasion d'exercer sa charité, sans avoir le moyen d'y fournir. Vous n'y êtes obligé qu'autant que vous le pouvez. Prenez sur votre superflu, sur votre nécessaire, vous ferez à merveille ; cela vous est même ordonné et plus vous vous priverez par ce motif, plus vous aurez de mérite ; mais n'employez pas en aumônes ce que vous devez donner à vos créanciers et à vos domestiques, à des ouvriers qui ont travaillé pour vous, à de pauvres parents qui sont dans la nécessité et que vous devez secourir.

Ne soyez pas séduit par une aumône d'éclat

qui vous attirera l'estime, la considération de
ceux qui en auront connaissance. N'ayez d'autres motifs que celui de plaire à Dieu, de secourir votre prochain et d'expier vos crimes.
Faites-la avec humilité, sans exiger de recon-
naissance et évitez de publier vos bonnes actions. Combien d'hommes ont vécu dans le
désordre et ont cru se racheter en donnant à
leur mort leurs biens aux pauvres, aumône
nullement méritoire puisqu'ils donnent un bien
dont ils ne pourront plus jouir et dont ils pri-
vent leurs familles, à qui il appartient. J'en ex-
cepte les biens mal acquis, qu'on ne peut, en
conscience, laisser à sa famille et qui, s'ils ne
peuvent être restitués à ceux à qui ils appar-
tiennent, doivent être donnés aux pauvres.
Mais un honnête homme n'a point ordinairement de pareille restitution à faire ; ou j'espère
bien peu de son salut, si, ayant eu le malheur
d'acquérir des biens par de mauvaises voies,
il attend le moment de la mort pour s'en des-
saisir.

Cet article m'a mené un peu loin ; je reviens
sur mes pas et reprends la probité, vertu si
recommandable et à laquelle il est si aisé de
manquer. Le détail de tout ce que vous pourriez faire contre serait trop long. Vous le
trouverez dans tous les livres, vous le trouverez bien mieux dans votre cœur en vous rap·
pelant le second commandement : *Aimez votre*

prochain comme vous-mêmes ; par conséquent, ne faites contre lui rien de ce que vous ne voudriez pas qu'on fît contre vous et faites en sa faveur tout ce que vous voudriez qu'on fît pour vous ; précepte admirable, qui renferme tout, sur lequel je vous laisse réfléchir sans y rien ajouter.

Vous sentez combien ce précepte condamne la médisance, encore plus la calomnie, vices que vous ne trouverez que trop communs dans le monde, dont bien peu de gens connaissent toute l'horreur et sur lesquels on ne fait pas même la plus légère réflexion. J'espère que Dieu vous en préservera et que, muni de bonne heure, vous détesterez toujours deux vices qui sont les fléaux de la société et la perte de ceux qui en sont entichés, qui, même en ce monde, sont méprisés autant que craints et détestés.

HONNEUR. — Je mettrai l'honneur pour la troisième vertu d'un homme de guerre, quoiqu'elle fasse partie de ce que j'appelle valeur et probité et qu'on puisse même dire qu'on ne possède aucune de ces trois vertus qu'autant qu'on les réunira toutes. Elles sont inséparables ; mais comme il y a, suivant le monde, des espèces de lois sur le point d'honneur, j'en ai fait un article séparé.

Ces règles du point d'honneur, reçues par le monde et surtout par le militaire, établissent

que tout homme attaqué dans son honneur, ou
insulté par un autre homme, doit non seulement s'en justifier mais s'en venger. L'offense
doit régler la vengeance, et il y en a d'espèces,
telles que les coups donnés, qui ne peuvent
être lavées que par le sang et la mort de l'of-
fenseur.

Il est bien difficile, pour ne pas dire impossible, d'allier cette morale avec celle de
l'Evangile, qui nous dit au contraire d'aimer
nos ennemis, de tendre la joue à celui qui
nous aura donné un soufflet, de ne pas, non
seulement nous venger, mais même le désirer,
que nous devons pardonner et que Dieu s'est
réservé la vengeance. Ce sont là des préceptes
bien opposés aux maximes du monde. Il est
certain cependant qu'un homme dont l'honneur a été attaqué, ou qui est insulté, soit de
paroles, soit de fait, ne peut plus paraître
dans le monde et qu'il est déshonoré, s'il ne
tire raison de l'insulte qu'on lui a faite. Un
honnête homme ne peut supporter ce mépris,
qui l'expose à essuyer une infinité d'affronts.
Il faudra donc se résoudre à s'enfermer dans
un cloître pour le reste de ses jours ou à com-
mettre un très grand crime. Cette alternative
est bien dure et un galant homme est fort em-
barrassé lorsqu'il se trouve dans le cas de
choisir. Mais je crois qu'il est fort aisé à un
homme sage d'éviter pareil inconvénient.

Tout homme qui aura une valeur et une probité bien établies, aura sa réputation faite et
son honneur en sûreté. Il ne peut alors courir
que les hasards du commerce du monde et de
la société et les mauvais propos d'un étourdi
envieux du véritable mérite. C'est une raison
de plus, à ceux qui en ont, pour n'en point faire
parade. Evitez de donner de la jalousie : la
modestie en est le moyen. Evitez toutes dis-
putes et si vous discutez quelque chose et que
vous vous aperceviez que celui, contre lequel
vous disputez, s'échauffe, cédez, quoique convaincu de la vérité de votre opinion

Il ne faut jamais mettre d'humeur dans la
dispute, encore moins se servir de termes
offensants ou humiliants.

Il est rare (surtout aujourd'hui que les affaires particulières ne sont plus de mode et
que l'on boit peu) qu'on fasse querelle à un
homme poli, doux, modeste, qui ne cherche
point à briller aux dépens des autres.

La plaisanterie attire souvent des affaires.
On ne peut y être trop attentif : peu de gens
savent plaisanter, encore moins entendent la
plaisanterie dont l'amour-propre est souvent
blessé. Les plaisanteries sont presque toujours mauvaises. Aussi faites-en le moins que
vous pourrez.

Si cependant vous vous y livrez quelquefois,
pour égayer la conversation, qu'elle s'adresse

à un homme dont vous connaissez le caractère et ne dites jamais rien qui puisse l'offenser. Cherchez au contraire des sujets et servez-
vous de termes qui puissent le flatter. Prêtez-
vous de bonne grâce à toutes les plaisanteries
qu'on pourra vous faire et ne vous croyez pas
offensé pour un mot échappé, dont celui qui
s'en est servi ne connaît pas la force. Si, par
malheur, il vous en échappe un de cette espèce,
faites-en sur-le-champ excuse, autant que votre
honneur ne s'engagera pas par cette démarche.
Un galant homme convient de ses torts et les
répare sans être accusé de faiblesse, quand on
connaît d'ailleurs son courage et sa fermeté.
Il y a eu bien des affaires malheureuses, qu'on
aurait évitées, sans une délicatesse mal enten-
due et poussée trop loin. Je ne m'offenserai
jamais d'une injure qu'on n'a point eu l'inten-
tion de me faire. Mais je me tiendrai pour fort
offensé par celui qui voudra me persuader que
je l'ai été, quoiqu'on m'ait fait toutes les ré-
parations que je pouvais honnêtement désirer.
C'est à cet homme qui cherche à m'irriter et à
m'engager dans une mauvaise affaire que je
m'en prends et vous ne pouvez, vis-à-vis de
lui, montrer trop de fermeté et de hauteur.

Il faut donc, si votre délicatesse a été
blessée par quelques propos qui n'auraient
point été tenus à dessein de vous offenser, recevoir de bonne grâce les explications et ex-

cuses qu'on voudrait vous faire. Il est rare que,
de gaieté de cœur, un homme vous offense ; et
la plupart des offenses n'auraient pas lieu, si,
de part et d'autre, on s'expliquait sans humeur
ni vivacité.

Si, malgré toutes vos attentions, vous êtes
assez malheureux pour avoir une querelle, il
faut vous en tirer suivant les lois de l'honneur.
Il est bien rare et bien malheureux d'avoir offensé ou de l'être assez grièvement pour que
la mort d'un des deux doive terminer le combat. Ainsi, au premier sang répandu de part
ou d'autre, souvent même à un simple désar-
mement, il faut finir le combat, s'expliquer et
tâcher de se raccommoder avec son adversaire.
Si vous avez eu sur lui l'avantage et que vous
l'ayez blessé, rendez-lui avec zèle et vivacité
les services qui dépendent de vous ; ou, s'il en
a besoin de plus efficaces, allez promptement
les lui chercher. Vous ne sauriez trop faire
dans ces occasions. Votre bourse doit être à
son service. Offrez la et tout ce que vous
pourrez.

Voilà la règle que vous devez suivre, si vous
êtes dans le cas d'avoir quelque affaire. Mais,
comme il est bien prouvé que tout combat particulier est défendu par les lois de Dieu et par
celles du Roi, vous devez être d'une circonspection infinie pour toutes vos démarches et
vos propos afin d'éviter toute querelle. Je suis

persuadé que tout homme, qui de bonne foi les
craindra, et mettra en œuvre toutes les précautions que j'ai indiquées, n'en aura point.
Dieu, pour ainsi dire, ferait plutôt un miracle
en sa faveur,   ,

IV. — Qualités d'un homme du monde

Après vous avoir parlé des vertus qui font
la base du caractère d'un galant homme, je
vais traiter des qualités nécessaires pour se
bien conduire dans le monde.

Connaissance des hommes. — La première
et la plus utile est la connaissance des
hommes. Je suppose qu'elle a été précédée
de celle de soi-même. Il y aurait trop d'amour-
propre à se flatter de démêler le cœur et l'esprit des autres, si on n'avait pas assez de lumières pour connaître ses propres talents et
ses défauts.

Comme de cette connaissance dépend la
bonne ou mauvaise conduite, il faut s'examiner
sans passion, dépouiller tout amour-propre et
toute humilité. On ne doit point, vis-à-vis de
soi-même, s'enorgueillir de son propre mérite.
On le tient de Dieu et on doit lui en rendre
grâces, et ne le faire servir qu'à sa gloire. On

ne doit point, non plus, rougir de ses défauts
Ils sont attachés à l'humanité et aux suites du
péché. Mais il faut travailler sérieusement et
de toutes ses forces à s'en corriger et demander à Dieu les grâces nécessaires. Cette connaissance de nous-mêmes doit être la boussole
continuelle de nos actions et de nos discours.

Un homme, qui se connaît timide, peu élo-
quent, ne doit pas chercher à parler en public.
Celui, dont la mémoire est infidèle, doit éviter
de raconter des événements ; celui qui est né
avec un caractère sérieux ne doit pas ambi-
tionner de plaisanter et de faire rire. On s'ac-
quitte toujours mal ou de mauvaise grâce de
choses contraires au caractère. Celui qui est
colère ne doit point disputer ; celui qui a le
vin mauvais doit se faire une loi de n'en jamais boire de pur. Si vous êtes mauvais
joueur, et que vous ne puissiez vous corriger
de ce défaut, ne touchez jamais ni dés, ni
cartes. Ainsi de suite.

Lorsque vous aurez donc acquis la connaissance de vous-même, travaillez à acquérir celle
des hommes, puisque vous devez passer votre
vie en société avec eux, et que vous n'y aurez
d'agrément qu'autant que vous saurez connaître leurs qualités, leurs défauts et leurs caractères, pour vous conduire en conséquence.
La connaissance des hommes n'est pas aussi

difficile qu'on se le persuade. Ils se démasquent souvent par leurs discours et par leurs actions. Il ne faut que de la réflexion et de la suite. Les caractères sont aussi variés que les visages. Quoiqu'on puisse les ranger tous dans certaines classes, il y a une multitude infinie de nuances qu'il est bien difficile de démêler. L'usage et l'expérience en apprennent plus sur cette question que tous les livres ; mais il faut beaucoup d'attention et de réflexion. Je m'en tiens à vous prévenir qu'en général, les hommes sont nés avec de mauvaises inclinations. J'ai déjà dit plus d'une fois que c'était une suite du péché originel ; il n'y a que l'excellente éducation et la réflexion qui puissent corriger ou diminuer ce penchant qui les porte au mal ; plaignons-les. Mais voyons-les tels qu'ils sont, ambitieux, vains, intéressés, perfides, cruels, menteurs, avares, inconstants, inconséquents, colères, vindicatifs, paresseux, voluptueux. Voilà les hommes en gros ; faites l'application ; vous en trouverez peu qui ne soient sujets à quelqu'un et même à plusieurs de ces vices. Il est donc absolument de votre intérêt de démêler le caractère, les vices et les vertus de ceux avec qui vous devez vivre et vous ne pourrez y apporter trop d'attention et de réflexion, parce que plusieurs d'entre eux ont le talent de se masquer et de cacher les vices les plus honteux sous les dehors de la vertu.

Ne donnez votre confiance qu'après une connaissance parfaite, et quelque raison que
vous ayez de compter sur ceux à qui vous
l'aurez donnée, ne soyez jamais surpris d'en
être trompé. Attendez-vous que vos meilleurs
amis puissent vous manquer. Les caractères
et les goûts changent ; les intérêts, l'ambition,
la concurrence dans les emplois, les faux rapports, la jalousie, mille événements imprévus
nous font perdre nos meilleurs amis. Ne leur
en sachez pas mauvais gré ; c'est une infirmité
de la nature. Tâchez seulement de ne jamais
manquer aux vôtres.

Soyez donc très réservé dans le choix de
vos amis. Ne regardez comme tels que ceux
que vous aurez bien éprouvés, et quelqu'amitié
que vous ayez pour eux, ne leur dites jamais
rien dont vous puissiez vous repentir un jour.
La Bruyère dit : « *Vivez avec vos amis comme*
« *s'ils devaient être un jour vos ennemis et avec*
« *ceux-ci, comme s'ils pouvaient devenir vos*
« *amis.* » Cette maxime est fausse, prise dans
toute sa force ; on serait trop à plaindre si on
ne pouvait souvent confier ses secrets à ses
amis et déposer dans leur sein les chagrins
dont la vie est remplie. C'est toute la douceur
de la vie, le charme de la société et de l'amitié, et la plus grande consolation des malheureux. On renoncerait à la société s'il fallait
y porter cette retenue continuelle. Cette

maxime dit simplement que, notre meilleur ami pouvant devenir un jour notre plus cruel ennemi, il y aurait de l'imprudence à lui découvrir un secret si important que la découverte qu'il en ferait pût nous rendre malheureux ou nous faire un tort considérable, à moins d'une nécessité absolue ou d'une connaissance si parfaite du caractère et de la vertu de notre ami, qu'elle nous mît à l'abri d'éprouver son inconstance. Mais il est si rare d'avoir des secrets de cette importance, surtout à un particulier, qu'on peut se livrer sans inquiétude, dans presque toutes les circonstances, à un homme dont on a éprouvé l'amitié, le secret, la probité. Il est même nécessaire de montrer à ses amis beaucoup de confiance. C'est ce qui les attache le plus, leur amour-propre en étant flatté, au lieu que la plus légère méfiance les indispose et les offense. Ne dites que ce que vous voulez; mais que votre réserve ne paraisse pas et que vos amis puissent se flatter de lire dans votre cœur. Il ne faut cependant pas confondre cette sage retenue avec la dissimulation et la fausseté qui sont des vices honteux.

Quant aux ennemis, il faut tâcher de n'en point avoir; mais si on en a, il est certain qu'il ne faut jamais laisser fermer la porte à toute réconciliation. On doit au contraire avoir avec eux des procédés assez honnêtes pour en pou-

voir faire ses amis, si l'occasion s'en présente,

RELATIONS AVEC LES FEMMES. — Si je vous
recommande tant de choix, de circonspection, de réserve dans le commerce des
hommes, combien en faut-il plus dans celui
des femmes. C'est ici le lieu de vous parler
d'un sexe qui joue un rôle aussi intéressant
dans le monde et dont je vous ai recommandé
le commerce, qui est sans contredit le seul
qui puisse former et polir les hommes. Mais il
ne faut jamais s'y livrer au point d'y perdre
tout son temps, et ce commerce exige beaucoup
de choix.

Les femmes, en général, ont plus de finesse
et de délicatesse dans l'esprit que les hommes;
mais elles ont moins de jugement. Leurs passions sont plus vives et elles s'y livrent davantage parce qu'elles réfléchissent moins. Elles
sont naturellement vaines, orgueilleuses, ja-
louses, paresseuses, oisives, médisantes, tra-
cassières. Il faut toujours être sur ses gardes
avec elles, ne rien dire en leur présence dont
elles puissent faire un mauvais usage, jamais
son secret, encore moins celui de son ami.
L'indiscrétion est leur premier apanage. Comment tairaient-elles ce que nous leur avons
confié, quand elles sont les premières à dire ce
qui leur fait le plus de tort ?

La plus grande partie n'ont point de caractère décidé ; elles n'agissent que par sentiment ou par caprice et suivent facilement les impressions qu'on leur donne. Ceux, en faveur de qui elles ont le cœur pris, les gouvernent aisément. Aussi ne soyez pas surpris de voir une femme, gouvernée par un homme vertueux, remplissant les devoirs de la plus exacte probité, y manquer six mois après, parce qu'elle aura donné sa confiance à un homme d'un caractère tout opposé, suite nécessaire du peu de tenue qu'elles ont dans l'esprit, de leur inconséquence, de leur inconstance, et du peu de réflexion dont elles sont capables. Elles n'ont presque aucune solidité dans le caractère ; enveloppées des passions comme dans un tourbillon, elles vont sans cesse d'un fait à l'autre, sans pouvoir se fixer, parlent et agissent en conséquence.

Compterez-vous sur l'amour d'une femme ? Cette passion ne se soutient guère. Sera-ce sur son amitié ? Elle est aussi fragile. Elle a pris ce sentiment pour vous, sans connaissance de cause et sans savoir si vous le méritez ; il ne peut donc être solide ; vous le perdrez peut-être de même sans l'avoir mérité, dans les temps mêmes où elle devrait vous aimer davantage. Mais elle n'a pas réfléchi, elle obéit aux mouvements de son cœur ; elle ne sait pas pourquoi elle vous a aimé, ni pourquoi elle ne vous aime plus.

Préférez donc, dans le commerce des femmes, celles que vous saurez gouvernées par des gens d'esprit vertueux, qui auront une réputation bien établie et qui seront environnées d'honnêtes gens. Il y aura beaucoup à gagner pour vous. Mais ne vous livrez jamais trop, gardez surtout votre cœur; c'est, de tous les conseils, le plus difficile à observer. Le cœur n'obéit pas toujours à la raison, surtout quand on attend trop tard à l'écouter. Rien de si attrayant, de si engageant qu'une femme qui sait plaire. Que de grâces, de langages séducteurs, discours flatteurs, complaisances naturelles, louanges fines et délicates, prévenances surtout, que ne savent-elles pas mettre en usage et comment s'en défendre?

Les femmes, d'une complexion plus délicate que nous, ont les organes plus déliés, l'esprit et le tact plus fins ; elles ont un talent singulier pour connaître le faible des hommes. C'est par où elles les attaquent et elles remportent presque toujours la victoire. Peut-on résister à une jolie femme, vive, enjouée, spirituelle, en faveur de qui le cœur parle souvent dès la première vue et qui met en usage tout ce que la nature et l'art ont inventé de plus séduisant ? S'y exposer, dans l'espérance d'y résister, est une folie. Le philosophe le plus ferme sera

vaincu. Comment un jeune homme, dont les
passions ne font que naître et sont dans tout
leur feu, y tiendrait-il? Ce serait une présomp-
tion malheureuse que de s'y exposer. Fuyez
donc, si jamais vous rencontrez un pareil écueil.
Du premier moment que votre cœur parlera en
faveur d'une femme, qui de son côté travaille
à faire votre conquête, rompez tout commerce.
C'est le seul moyen de conserver votre liberté.
Si vous vous livrez à cette passion, cette femme
exigera de vous à l'excès ; elle voudra disposer
de vous, de votre temps, de vos actions, de
vos visites, de vos liaisons ; en un mot, elle
voudra vous gouverner. Elles aiment à dominer
et ont l'empire dur. Combien de fantaisies,
d'humeurs, de caprices, de contradictions, de
hauteurs il vous faudra éprouver ! Si vous ne
pliez pas sous le joug, que vous vouliez avoir
des volontés, on vous regardera comme un
monstre, un tyran. Croyez-moi, Rendez-leur
tout ce qui leur est dû ; marquez-leur toutes
sortes d'égards, de respects ; soyez doux, poli,
complaisant, enjoué avec elles ; mais voyez-les
telles qu'elles sont et conservez votre liberté,
si vous ne voulez renoncer à tout ce que l'ambition, l'étude, la fortune et le commerce des
gens vertueux peuvent vous fournir d'utile et
d'avantageux.

Si, malgré toutes ces précautions, votre
cœur, d'accord avec les séductions, l'emporte

sur les efforts de votre raison, ne cédez au moins qu'à une femme de mérite, dont la conduite, l'esprit, le jugement, la réputation et les actions ne puissent pas vous faire tort dans le monde. Telle qu'elle soit, ne suivez jamais ses conseils, s'ils vont à vous faire manquer à la probité, à l'honneur, à toutes les vertus que j'ai ci-devant détaillées, ou si elle cherche à vous faire manquer à vos amis. Servez-vous, dès le commencement, du peu de raison qui vous reste, pour juger de son caractère, de son cœur et de son esprit. Examinez bien si elle a en effet du goût pour vous. Souvent ce n'est que coquetterie, ou raison d'intérêt qui l'engage avec vous ; d'où il s'en suit qu'elle vous trompera et vous sacrifiera à un autre, dès que cet intérêt ne subsistera plus. Si elle est de ce caractère ou qu'elle ait le cœur faux, l'âme noire, l'esprit méchant et tracassier, sans principes, sans probité, sans honneur, elle est indigne de votre attachement. Fuyez-la ; quelque passion que vous ayez pour elle, vous êtes perdu si vous commercez avec une femme aussi dangereuse.

Si je m'en tenais au portrait que je viens de faire des femmes, je craindrais que vous ne les prissiez en horreur et que vous n'eussiez mauvaise opinion de mon jugement, de vous en avoir conseillé le commerce, le connaissant aussi dangereux. Mais ma thèse est générale et souffre un grand nombre d'exceptions.

Il en est de respectables par la solidité de leur esprit, la justesse de leur jugement, la noblesse de leurs sentiments, l'élévation de leur âme, la bonté de leur cœur et leur véritable piété. D'autres, très aimables par leur douceur, l'enjoûment de leur caractère, leur politesse, leurs attentions, leur complaisance, la gentillesse de leur esprit et leurs talents.

En trouver une, qui réunirait toutes les vertus et les qualités aimables, serait un phénomène, comme ce serait un monstre qu'une femme qui rassemblerait tous les défauts que j'ai rapportés ci-devant. Il en est d'elles comme des hommes, un peu de bien, beaucoup de mal. Cherchez les plus parfaites, et, quand vous serez assez heureux pour en trouver, ayez pour elles tout le respect et l'admiration qui leur sont dus. Mais soyez certain qu'il n'en est point qui ne joignent aux vertus les plus éclatantes plusieurs des défauts que je viens d'exposer, espèce de singularité qui ne se trouve qu'en elles, de rassembler ainsi tant de contraires, ce qui est la preuve de ce que j'ai avancé, qu'elles agissaient plus par sentiment que par raison et réflexion. Elles poussent tout à l'excès. Elles vont au delà du but et j'en ai vu en qui la vertu était le défaut.

Quoi qu'il en soit, j'insiste sur la nécessité

de les commercer. Ce n'est qu'avec elles que
vous vous formerez aux usages du monde,
aux bienséances, à la politesse. Les égards et
les complaisances, qu'on leur doit, vous donne-
ront de la douceur et du liant dans le caractère. Vos manières en seront plus nobles et
plus aisées, votre langage plus correct. Elles
parlent mieux que nous, sans avoir de principes. Elles écrivent encore mieux qu'elles ne
parlent. Leur style est plus léger, leurs expres-
sions plus délicates et plus fines, la plaisanterie bien supérieure à la nôtre, leurs phrases
mieux tournées.

A propos de plaisanteries, soyez très cir-
conspect dans celles que vous ferez aux
femmes. N'attaquez jamais les défauts cor-
porels ; elles ne le vous pardonneraient pas.
Ne les badinez que sur les petits défauts
momentanés ou qu'elles accusent volontiers ;
que vos termes ne puissent les désobliger.
L'oreille d'une femme est facile à blesser,
l'orgueil et la vanité sont leurs passions domi-
nantes. Toutes prétendent à la beauté. Elles
sont continuellement louées et admirées par
des adorateurs ; ainsi tout homme, qui hasarde
avec elles un autre langage que l'adulation,
court grand risque de se perdre dans leur
esprit et de s'attirer leur haine. Il y a bien peu
de femmes, ou pour mieux dire, il n'y en a pas,
quelque sage et dévote qu'elle soit, à qui il ne

soit dangereux de parler avec vérité de ses
défauts. A peine sont-elles nées qu'on ne les
entretient que de leur gentillesse, de leur beauté
et de tout leur mérite. Il est bien difficile,
quand on est loué du matin au soir, de conve-
nir qu'on ait des défauts, ou au moins n'aime-
t-on pas à y fixer la vue. Il en coûterait trop
pour se corriger.

Cherchez donc, lorsque vous serez avec elles,
à ne leur dire que des choses agréables, sans
cependant leur dire des fadeurs et encenser
leurs défauts. Si elles en parlent, ce qui arrive
quelquefois, déguisez-les et rejetez-vous sur les
qualités qui sont en elles et méritent en effet
d'être approuvées. Evitez de louer une femme
sur quelque mérite ou talent auquel prétend
celle à qui, ou devant qui, vous parlez. Rien ne
déplaît autant.

Songez qu'en France les femmes décident
du mérite et font la réputation des hommes,
qu'elles contribuent beaucoup à leur fortune,
que, par conséquent, vous ne pouvez en mettre
trop dans vos intérêts et éviter avec trop de
soin d'en avoir aucune pour ennemie.

Talents de société. — Si vous êtes assez
heureux pour avoir quelques talents, comme
de la voix ou de bien jouer de quelque ins-
trument, servez-vous-en pour plaire aux
femmes. Ne soyez occupé que de les faire

servir à leur amusement, de relever les mêmes
talents qu'elles pourraient avoir, et n'ayez pas
la sottise de vouloir être loué. On ne vous
louera que trop ; mais un homme sage profite
de ses talents pour se rendre plus aimable
dans la société et se faire désirer par les
femmes qui y donnent toujours le ton.

V. — Occupations journalières

Après vous avoir entretenu de ce que j'ai
cru plus important à un jeune homme qui va
entrer en commerce avec les hommes et
les femmes, je vais vous entretenir de vos oc-
cupations journalières. Celles de la société, dont
il a été question ci-devant, ne doivent prendre
qu'une partie de la journée. Vous n'y acquerrez que des qualités et un mérite extérieur qui
ne doit pas être méprisé, mais auquel vous ne
devez pas vous borner. Ce n'est qu'avec de
l'étude, de la peine, de l'application et beaucoup de temps que vous acquerrez des connaissances et un mérite réel. Quelqu'étendues
que paraissent les sciences qui conviennent à
un galant homme, il ne faut pas en être
effrayé. La vie est longue et pour peu qu'on
veuille employer les heures dont on peut dis-

poser, on apprendra au moins les choses les
plus importantes. Il faut d'abord être bien convaincu de l'utilité de ces sciences, de la nécessité d'employer le temps, de la facilité
qu'ont les jeunes gens à retenir tout ce qu'ils
apprennent avec attention, de l'estime que les
honnêtes gens ont pour les hommes de mérite,
et du mépris qu'ils ont pour ceux qui n'en ont
point ou un très superficiel. C'est ce qui n'est
pas difficile à prouver. Il ne faut que se con-
sulter soi-même pour sentir qu'on a beaucoup
plus d'estime et de considération pour un
homme instruit que pour l'ignorant, qu'on désire bien plus vivement de lui plaire, d'en être
aimé, d'être au moins lié de société avec lui,
et qu'on est bien plus flatté de ses louanges
que de celles d'un autre. Cette réflexion seule
suffira, je pense, pour vous engager à pro-
fiter de votre âge et de tous les moments dont
vous pouvez jouir, pour acquérir le plus de
mérite et de connaissances que vous pourrez.
Que le travail ne vous effraie point. Les seuls
commencements coûtent ; dès que vous aurez
pris l'habitude de penser et de réfléchir, d'étudier avec attention et suite, ce travail ne vous
coûtera plus rien. Vous en ferez au contraire
votre amusement et il faudra vous arracher à
votre cabinet. D'ailleurs, la récompense est au
bout. Vous jouirez tous les jours de voir vos
connaissances s'augmenter, vos lumières

s'étendre, votre esprit et votre raisonnement
se fortifier, votre jugement s'assurer, vos idées
se multiplier, vos combinaisons plus justes et
plus faciles ; enfin, vous jouirez à chaque instant du fruit de vos travaux, jouissance dont
votre amour-propre sera d'autant plus satis-
fait, que ceux, avec lesquels vous vivrez en société, s'apercevront de vos progrès, en profi-
teront et vous applaudiront.

Je compte donc que vous ne regarderez le
temps que vous donnerez à la société que
comme une récréation et un repos accordé à
l'esprit, qu'elle n'en prendra donc qu'une très
petite partie. Vous sentez qu'il est trop pré-
cieux pour le perdre en visites inutiles, en discours frivoles et en vains amusements.

La première et indispensable occupation est
celle de remplir les devoirs de votre état aux
heures marquées par l'usage ou par les officiers
supérieurs en y mettant tout le soin, l'application et le temps nécessaire.

Vous devez, dès le lendemain de votre arrivée au régiment, vous instruire de ces devoirs,
afin de ne pas vous mettre dans le cas d'y
manquer par ignorance, ce qui est une mauvaise excuse. Les devoirs de votre état remplis, appliquez-vous à l'étude, à la lecture, aux
mathématiques, au dessin et autres exercices
qui peuvent exercer et former votre esprit,
étendre vos connaissances et vous mettre en

état de remplir avec distinction les emplois,
dont vous devez être revêtus dans la suite.

Mais pour étudier avec fruit et faire des progrès sensibles qui puissent satisfaire votre
amour-propre, il faut de l'ordre et de la suite
dans vos études et dans vos lectures ; sans quoi,
vous n'aurez qu'une connaissance vague et su-
perficielle de toutes les sciences qui forment
un chaos dans votre tête, impossible à débrouiller, et plus à charge que l'ignorance
même.

Il faut donc vous faire un plan d'études, le
suivre, sans jamais vous en écarter, et sans im-
patience de finir ce que vous aurez commencé.
Variez vos lectures, ne prenez pas trop longtemps la même ; ne forcez point votre esprit.
Dès que vous sentez que les distractions vous
gagnent et que le sujet sur lequel vous travaillez ne vous amuse plus, changez en ; ce
sera un délassement. Vous retrouverez toutes
vos forces et vous serez surpris de vous
trouver souvent plus capable d'application.

Si vous lisez l'histoire, ayez toujours la carte
du pays sous les yeux et la plume à la main,
pour extraire les faits qui vous frappent le
plus, la date des grands événements, les noms
de ceux qui commandaient les armées, des
ministres qui ont exécuté de grands projets ; en
un mot, écrivez, en peu de mots, tout ce qui vous
paraîtra mériter d'être retenu. Vous ne sauriez

croire combien cette méthode vous fixera les
faits dans la tête et soulagera votre mémoire.
Jetez aussi de temps en temps les yeux sur des
tables chronologiques pour voir la situation des
États contemporains à celui dont vous lisez
l'histoire, les princes qui y régnaient et les
époques principales. Je vous ai donné sur
cela les instructions nécessaires et vous avez
les livres qui conviennent à ce travail.

Si vous lisez des livres de morale, appor-
tez-y encore plus d'attention. Ce n'est plus
votre mémoire qu'il faut meubler, c'est votre
cœur qu'il faut toucher et votre esprit qu'il faut
persuader. Ne sautez donc jamais d'une maxime
à une autre sans l'avoir bien conçue. Méditez,
voyez sur quoi est établi le principe, si les
conséquences sont justes, si elles ne sont pas
sujettes à des inconvénients. Les livres de
morale sont remplis de bonnes maximes ;
mais il y en a de fausses. C'est pourquoi, il
faut des choix dans cette espèce de lecture,
surtout quand on n'est pas encore dans le cas
d'en juger par soi-même. Je vous indiquerai
les meilleurs, que je ne saurais trop vous re-
commander de lire avec attention, parce que
rien ne forme autant le jugement, ne donne
autant de goût pour la vertu et ne corrige davantage des vices. Vous y verrez traiter, à tous
moments, des passions qui vous tyrannisent
et vous apprendrez à les combattre et à les

vaincre. Mais, comme cette étude est sèche surtout dans les commencements, donnez-y peu de suite. Ne lisez qu'une page, une seule maxime ; mais donnez-y toute votre attention et ne la quittez pas que vous n'en ayez compris toute la force.

Prenez à cet effet l'heure de la journée où vous aurez la tête plus nette, moins d'affaires, où vous vous sentirez plus capable de réflexion. Le matin est, à mon avis, l'heure qui convient le mieux pour toutes sortes d'études. Donnez l'après-midi aux lectures les plus simples, au dessin, etc.

VI. — Études diverses

La première de toutes vos études doit être celle de l'art militaire, puisque c'est l'état où vous êtes attaché pour toute votre vie. Un honnête homme doit toujours apprendre par préférence ce qui a rapport à sa profession et sa première ambition doit être de l'exercer parfaitement. La plus grande partie des officiers, surtout dans les subalternes, pensent que lorsqu'ils savent faire l'exercice, monter la garde, avec le gros du service de place et celui de campagne, ils n'ont plus rien à apprendre. C'est une erreur bien grossière. L'art

militaire est une des sciences les plus difficiles à acquérir. Elle embrasse tant de parties
différentes et il y a une si grande multitude de
positions, qui n'ont point ou peu de rapports,
que la vie de l'homme suffit à peine pour
former un grand homme de guerre et que le
général le plus habile apprend tous les jours.

SERVICE MILITAIRE. — Il faut sans doute
apprendre d'abord et par préférence tout ce
qui a rapport à votre état actuel : l'exercice
ou maniement des armes, le salut du sponton
et toutes les évolutions ; non seulement vous
devez savoir faire parfaitement l'exercice et
les évolutions, mais il faut aussi apprendre à
les commander, si l'occasion s'en présente,
connaître par leurs noms toutes les parties de
l'armement et de l'habillement du soldat, quel
en est l'usage et sur qui en roule l'entretien.
Le Roi, le capitaine et le soldat en sont toujours chargés.

Apprenez parfaitement tout ce qui regarde
le service des places et celui de campagne,
la police des corps de garde, casernes, hôpitaux. *Bombelle*, *Héricourt*, le code de *Briquet*
doivent être vos guides. Il y a aussi différents
usages dans certaines places et dans des régiments, dont il faut s'instruire, savoir tout ce
qui a rapport à la subsistance du soldat ; en
quoi consiste sa paie, la quantité et la qualité

du pain qu'il doit recevoir, de la viande et du riz; qui doit fournir ces différentes substances; quelle est la différence de celles qu'on donne en campagne ou en garnison; quelles sont les retenues ordinaires, le temps où on en fait le décompte au soldat, à quoi elles sont destinées; ce que c'est que la masse, son emploi.

Vous devez prendre une connaissance exacte de tout ce qu'on appelle discipline du soldat, afin de pouvoir commander ceux qui seront sous vos ordres, les punir quand ils seront en faute et proportionnellement au crime, sans humeur, sans dureté, en rendre compte à vos commandants. Apprenez enfin tout ce que doit faire un lieutenant d'infanterie, ou un capitaine, pour faire sa charge avec distinction et exécuter ponctuellement ce qui vous est prescrit. C'est le vrai moyen de vous faire estimer de vos camarades, de plaire et de mériter les bontés de votre colonel et de tous vos chefs, ce qui, dans les commencements, doit être votre objet principal.

Si l'occasion se présente d'exercer l'emploi de garçon-major, demandez-le avec empressement et exercez-le avec tout le zèle, l'exactitude et l'activité dont vous serez capable. Exécutez tout ce qui vous sera prescrit par le major et les aides-majors qui sont vos chefs; c'est le plus sûr moyen d'apprendre parfaitement tous les détails du service, de vous ha-

bituer à parler au soldat. Mais si jamais vous
êtes dans cet emploi, ayez en horreur tous les
grapillages qui y sont en usage ; donnez au
soldat, à l'officier ce qui lui revient et n'ayez
jamais le plus petit reproche à vous faire sur
cela. C'est une vilenie dont un officier devrait rougir de honte et qui sera, à ce que j'espère, anéantie dans les régiments.

Lisez avec attention les principales ordonnances militaires, contenues dans le code, afin
d'en entendre raisonner avec fruit et pouvoir
vous conduire dans l'occasion. L'article des
délits militaires est important pour la discipline. Examinez les changements faits aux an-
ciennes ordonnances, en quoi elles diffèrent
des nouvelles. Les trois livres ci-dessus suffisent. Vous pourrez y joindre le *Dictionnaire*
militaire. Mais il faut le confronter avec les
autres. Il est quelquefois dans l'erreur.

Voilà l'étude que vous devez faire dès les
premiers jours de votre carrière au régiment
et vous y livrer tout entier afin de vous mettre
promptement en état de faire votre service et
de vous bien conduire dans les diverses occasions où vous pourrez vous trouver. Mais
comme cette étude est sèche et peu amusante,
coupez-la par quelque lecture qui vous récrée,
par du dessin ou des mathématiques.

ART MILITAIRE. — Lorsque vous serez bien

instruit du service ainsi que je viens de vous
l'expliquer, donnez plus de temps aux mathématiques, surtout à la partie des fortifications. Vous vous perfectionnerez beaucoup en
examinant sur le terrain ce que vous ne connaissez encore que sur le papier. Vous ne
devez rien négliger pour tâcher de vous lier
avec quelqu'ingénieur, qui ait la complaisance
de se promener avec vous, de vous expliquer
tous les morceaux de fortifications, qui seront
dans votre garnison, avec la façon de les
attaquer et de les défendre. On trouve toujours quelqu'un, qui se fait un plaisir d'instruire un jeune homme, qu'on voit appliqué et
avide d'apprendre son métier.

Vous ferez le soir ou le matin, dans votre
chambre, sur vos plans, l'application de tout
ce qu'on vous aura expliqué sur le terrain et,
si vous rencontrez de nouveaux sujets de cu-
riosité, vous en ferez la note, pour en demander l'éclaircissement, la première fois que vous
verrez votre ingénieur.

Vous raisonnerez avec lui sur la construction
des places et sur tout ce qui y a rapport.
Rien n'est si utile. Cela peut vous servir, dès
votre jeunesse, à vous fortifier dans un petit
poste. Mais le grand objet est, lorsque vous
serez dans des emplois supérieurs, d'être en
état de défendre une place, qui peut vous être
confiée, sans vous en rapporter à d'autres, qui

n'auront pas le même intérêt que vous à faire
une belle défense. Vous serez alors en état de
décider vous-même et de construire les différents ouvrages, que vous jugerez nécessaires.

Cette action de l'attaque et de la défense est
admirable et très étendue. Elle demande un
détail infini et un officier subalterne qui, dès
sa grande jeunesse, veut bien s'y appliquer et
employer ses moments perdus, peut, par ce
seul mérite, faire une grande fortune.

Les travaux de *Mars, Ozamam*, l'abbé *Di-
dier*, le Ch^{er} *de Ville, Leblond, Belidor* et
M. de Vauban sont les guides que vous de-
vez prendre; mais vous ne profiterez du travail
de cabinet qu'autant que vous ferez l'application des principes, dans vos promenades avec
votre ingénieur, ou un autre officier expéri-
menté.

A cette étude de la fortification, il faut
joindre celle de l'artillerie. Il n'est pas même
nécessaire de l'approfondir autant, mais il serait honteux d'ignorer le nom d'aucune pièce
d'artillerie, leur usage, les noms de tous les
outils de la guerre, leur usage et la construction des batteries, soit pour attaquer ou se
défendre, en canons, mortiers ou obus, ce que
c'est qu'embrasures, plate-formes, etc., tirer à
ricochet, revers, etc. M. de *Saint-Rémy*, officier, est entré là-dessus dans les plus grands
détails Vous lirez son livre, dans la suite, avec

grande attention; mais, pour que ce soit avec fruit, commencez par vous lier avec quelque officier d'artillerie, qui vous instruira des premières connaissances, en vous menant dans les magasins et sur les remparts. Vous vous perfectionnerez dans la suite.

Lorsque vous vous serez assez instruit des premiers principes de la fortification et de l'artillerie, vous entrerez dans un champ plus vaste, je veux parler de tout ce qui a rapport à la guerre de campagne. Vous devez savoir tous les grades différents des officiers qui composent une armée ; de ceux qui sont préposés pour la police, quelles sont leurs fonctions, leur autorité, quels sont leurs subalternes et les différentes troupes, avec leur façon de combattre.

L'armée a premièrement le Général à qui tout est subordonné et à qui le Roi a confié toute son autorité. Ainsi on lui doit tout respect et obéissance. Ce général est ordinairement un maréchal de France ou un prince du sang, quelquefois, mais rarement, un lieutenant général.

Ce général a sous lui son état major qui sont ordinairement des hommes choisis, qui ont sa confiance et sur qui il se repose de la plus grande partie des détails. Cet état-major est composé de l'intendant, du maréchal des logis de l'armée, du major général de l'infan·

terie, du maréchal des logis de la cavalerie, du major général des dragons et de leurs aides.

L'armée est ensuite composée des lieutenants généraux, des maréchaux de camp, brigadiers, etc., des régiments d'infanterie, dragons, cavalerie, hussards, compagnies franches, volontaires, guides et autres troupes légères, du général d'artillerie et de tout ce qui y a rapport comme canons de campagne, de siège, obus, mortiers, munitions et outils de toutes espèces, pontons, affûts de rechange, etc., nécessaires pour former un parc d'artillerie complet ; du chef des ingénieurs et d'un nombre suffisant d'ingénieurs, du général de la cavalerie et de celui des dragons.

Il y a encore un général des vivres qui est un homme chargé principalement de l'entreprise ou de la direction du pain pour l'armée, sur qui roule l'achat des blés, farines, le transport, etc., lequel a sous lui un grand nombre de commis, de boulangers et des ustensiles nécessaires pour la construction des fours, avec des caissons ou mulets pour transporter le pain, partout où il est nécessaire, un entrepreneur de la viande, qui a de même sous lui un grand nombre de commis.

Il y a, de plus, des commissaires des guerres, qui sont comme les aides de l'intendant, un trésorier, un prévôt général avec ses officiers, ses cavaliers et un ou deux exécuteurs. Il doit y avoir des ouvriers d'artillerie, mineurs, sapeurs et tous les outils et armements nécessaires.

Vous verrez quels sont les différents emplois de tous ceux que je viens de nommer, leurs fonctions, leurs prérogatives. Les livres ci-dessus indiqués vous serviront. Vous lirez, dans la suite, les mémoires de M. de *Feuquières*, un de nos plus grands maîtres dans l'art militaire.

Lorsque vous serez instruit de tout ce détail, vous apprendrez tout ce qui a rapport au campement d'une armée, l'étendue du terrain nécessaire à chaque bataillon, escadron, etc., la distribution de ce terrain en grandes et petites rues, la position des faisceaux d'armes, des tentes des soldats, tambours, vivandiers, lieutenants, capitaines, majors, commandants de bataillon, lieutenants-colonels, colonels et brigadiers, celle des cuisines, écuries, latrines, baraques, où se place la garde du camp, le piquet, etc.; la différence du terrain donné pour un camp de passage, ou pour un. où on doit faire un long séjour, près ou loin de l'ennemi; car tout cela mérite attention; la façon de fortifier le camp : 1° par la position; 2° par des ouvrages de terre, des abattis, etc ; ce que c'est que des lignes, leur usage, la façon de les construire, de les attaquer et de les défendre.

Je suppose qu'en apprenant le service des
places, vous n'aurez pas négligé celui de campagne, que vous savez la façon dont on monte
les gardes à l'armée et tout ce qui y a rapport,
ainsi que la discipline et la police d'un camp.
Cette science vous est d'une nécessité absolue,
puisqu'elle est relative à votre état présent.
Aussi elle doit précéder les autres études.

Après vous être instruit de ce qui a rapport
au campement des armées, il faut voir ce qui
concerne les marches, dans quel ordre elles se
font, ce que c'est qu'avant-garde, arrière-garde.
colonnes, détachements en avant, sur les flancs,
sur les derrières, pour assurer et éclairer la
marche ; les précautions à prendre pour passer
un défilé, un bois, une rivière, une ville, un
village ; la composition des colonnes ·' 'a mé-
lange des troupes pour pouvoir prom₁ ement
se mettre en bataille, le nombre des colonnes,
la marche des équipages, le tout proportionné
à la nature du pays qu'on doit traverser, aux
forces de l'ennemi, à l'esprit de ses troupes et
à sa position ; l'ordre et la discipline qu'on
doit observer dans une marche ; l'arrivée au
nouveau camp, les précautions à prendre avant
de faire rentrer le soldat dans le camp et l'en-
voyer au bois et à la paille ; quels sont les
officiers qui vont au campement, c'est-à-dire
choisir et marquer le nouveau camp, le quartier général et les villages où peuvent loger

les officiers généraux de la droite, de la
gauche et du centre, où on doit établir le parc
d'artillerie et poser les nouvelles gardes pour
la sûreté de l'armée, lesquelles marchent ordinairement avec ledit campement et lui servent
d'escorte.

Il faut savoir ce que c'est qu'un détachement qui va à la guerre, les différents objets
qu'il peut avoir, si c'est pour assurer la
marche, couvrir un fourrage, faciliter une entreprise, faire venir des subsistances, des contributions ou avoir des nouvelles ; les différentes
précautions à prendre dans ces différents cas
pour remplir son objet sans être surpris,
battu, ni coupé dans sa retraite. Vous devez
apprendre ce que c'est qu'un convoi, la disposition des troupes pour en assurer la marche,
subordonnée à la nature du pays, à la position de l'ennemi, aux avis que vous recevez
dans le courant de votre marche ; les précautions à prendre pour se mettre promptement
en défense, les manœuvres à faire avant et
pendant l'attaque, les ressources si vous craignez d'être battu et si vous l'êtes en effet.
Cette partie est très importante. Un officier
d'un grade assez subalterne a quelquefois le
commandement d'une escorte de convoi important.

Vous devez encore vous instruire de ce
qui regarde les fourrages, comment se fait une

enceinte, une chaîne ; où doivent se placer les
troupes d'infanterie et de cavalerie, les précautions, moyens d'attaque, de défense, etc.,
la façon d'assembler et de conduire les four-
rageurs, de les contenir jusqu'au moment où
l'officier général, commandant le fourrage, or-
donne de les lâcher dans la plaine destinée à
être fourragée ; la façon de les rassembler
lorsque les trousses sont faites et de les ramener
au camp ; comment se retire la chaîne et les
attentions à avoir pour n'être pas battu dans
ce mouvement là ou au retour.

Vous devez étudier la façon de mettre
promptement une armée en bataille, suivant
les différents terrains, celle de poster les
grands-gardes de cavalerie et d'infanterie, de
retrancher les postes en rase campagne, au
coin d'un bois, dans une ferme, dans un mou-
lin, celle de retrancher la tête d'un pont, d'un
défilé, un village entier, y couvrir des commu-
nications.

Apprenez la forme dans laquelle on com-
mande le service à la guerre, tous les détails
du maréchal des logis de l'armée, de celui de
la cavalerie, du major-général ; comment se
donne l'ordre, quelle est la police d'un quartier général, quelles sont les défenses à faire
publier et ce que c'est que battre un ban ; les
fonctions du prévôt, de ses officiers, cavaliers, etc.

L'article des sièges demande une étude par-
ticulière et une grande attention ; car indé-
pendamment de tout ce qui a rapport à la
fortification, dont je suppose que vous vous
serez entretenu à fond avec les ingénieurs dans
vos cours de fortifications, il faut savoir tout
ce qui peut avoir rapport à un siège, depuis le
commencement jusqu'à la fin, l'attention du
général à cacher son dessein en feignant de
menacer une place tout opposée à celle dont
il médite le siège, la marche des troupes pour
en faire l'investissement, de quelle façon se
forme la circonvallation, l'établissement des
lignes de circonvallation et de contrevallation,
les principaux quartiers, le parc d'artillerie à
partir du terrain par où se fera l'attaque et où
on ouvrira les tranchées, ainsi que le quartier
des ingénieurs ; la connaissance que le général
avec les principaux ingénieurs ou officiers, en
qui il a confiance, prend de la place pour décider le côté d'attaque ; où se place le dépôt des
fascines, gabions, claies, piquets, sacs à terre,
brancards et tout ce dont on peut avoir besoin,
dont le détail est confié à un officier choisi,
qu'on nomme major de la tranchée pour tout
le siège. On lui donne plus ou moins d'aides
suivant l'étendue de la tranchée et la fatigue
qu'il doit y essuyer. On lui donne des sergents
choisis et payés et une garde pour la sûreté
des effets qui sont rassemblés dans le dépôt.

S'il y a différentes attaques, on met un major à chaque attaque et un dépôt. On y apporte aussi les cuirasses et pots-en-tête pour les ingénieurs, sapeurs, des cartouches et autres munitions, etc.

Vous saurez par qui se font les fascines, saucissons, gabions, claies, piquets, fagots de sape, comment on les fait et leurs proportions, qui les apporte aux dépôts, ce qu'on en paie au soldat, etc.

Vous apprendrez la forme du service des sièges, l'assemblée des régiments pour monter à la tranchée, qui en fait l'inspection, leur entrée dans la tranchée, comment ils se placent, les détails, tout ce qui concerne les travailleurs, leur paie, le lieu où ils se rassemblent et où les ingénieurs doivent les prendre pour les employer ; l'importance de ce travail, le danger qu'on y court souvent et avec quel courage les officiers doivent s'employer à contenir les soldats et avancer l'ouvrage ; ce que c'est que mines, fougasses, sape ouverte, volante, etc., blindages, ponts de fascines pour passer les fossés.

Vous apprendrez toutes les précautions qu'il convient de prendre avant de faire attaquer de vive force le chemin couvert, les demi-lunes, ouvrages à cornes, etc.

Enfin vous ne pouvez trop vous instruire de tout ce qui a rapport aux sièges ; c'est, de toutes

les opérations, celle qui est la plus commune
et souvent la plus ignorée. Elle roule en entier sur l'infanterie. Ainsi, un officier de ce
corps ne peut s'en instruire avec trop de soin
et elle peut aisément lui fournir les occasions
de s'y distinguer et de faire fortune. Vous aurez une infinité de moyens de vous instruire
de tous ces détails et je travaillerai moi-même
à mettre par écrit tout ce que mon expérience
et ma mémoire pourront me fournir.

Vous étudierez ensuite la tactique, c'est-à-
dire les différentes manières d'armer le soldat
et de le faire manœuvrer, camper, mettre en
ordre de bataille, combattre, marcher, etc.
Lisez *Végèse* et les commentaires de *Folard*
sur *Polybe*; ils contiennent d'excellents principes pour les grandes parties de la guerre;
les mémoires de *Feuquières*, de *Quincy*, de
Turenne, de *Montecuculli*, de *Santa-Crux* contiennent aussi de très bonnes maximes et des
faits intéressants, qu'un homme de guerre ne
doit pas ignorer.

Vous devez prendre connaissance de tout ce
qui a rapport aux subsistances d'une armée,
comment on les tire du pays, ou s'il n'est pas
assez abondant, qu'on veuille le conserver ou
qu'il soit épuisé, les différentes façons de les
faire venir des derrières ou du pays qui est
en avant, qu'on veut ruiner pour empêcher
l'ennemi d'y subsister; comment on établit des

magasins de blé, farine, foin, avoine, paille,
leur manutention; comment s'en fait la distribution ; les précautions à prendre pour entretenir l'abondance dans l'armée, tant en pain,
viande, volaille, que légumes, fruits et autres
denrées, qu'il faut tâcher de faire arriver sûre-
ment de tous les pays voisins, favoriser ceux
qui les apportent, ne pas souffrir qu'ils soient
pillés, mais tenir la main à ce qu'ils ne vendent
pas trop cher.

Cette police regarde l'Intendant et, sous ses
ordres le Prévot, qui taxe le prix des denrées,
mais qui, pour rançonner les marchands, fait
souvent monter le prix au-dessus de sa juste
valeur. Prenez connaissance de ce qu'on
nomme contributions, de la façon de les impo-
ser en nature et en argent, en les proportion-
nant à la richesse et à l'abondance du pays
et en conséquence des ordres de la Cour.
L'intendant est ordinairement chargé de ce
détail; mais il arrive souvent qu'un officier
général, même d'un grade inférieur. pénètre
dans le pays ennemi, avec un petit corps et
se trouve chargé de lever des contributions.
Il ne faut donc pas ignorer ce qui y a rapport.

On tire un autre secours du pays ennemi,
en chevaux, voitures, ce qu'on appelle
corvées, en pionniers, en fournitures d'hôpitaux ou de casernes, en bois de chauffage,
de charronnage et de charpente.

Vous devrez, autant que vous le pourrez, vous instruire de la façon dont se font les impositions et de la proportion que l'on doit y garder ordinairement. Des conversations avec de bons commissaires des guerres, des intendants d'armée, si vous vous trouvez à portée d'en entendre raisonner sur ces matières, à leur défaut de bons subdélégués, des syndics, baillis et autres chefs de paroisse situés sur la frontière ou des militaires bien instruits, vous en apprendront petit à petit autant qu'il vous en faut.

Je ne traiterai pas l'article des batailles. Vous ne pourrez étudier les différentes parties du métier, sans lire grand nombre de descriptions de batailles ou combats accompagnés de réflexions, qui vous en apprendront plus que tout ce que je pourrais vous en dire.

Je crois vous avoir indiqué à peu de choses près tout ce qu'un jeune homme doit savoir de l'art militaire, surtout quand il est né pour servir longtemps dans l'emploi subalterne et faire sa fortune à la pointe de l'épée. Ne suivez jamais l'exemple de tant de jeunes gens qui, après avoir passé leur jeunesse à perdre leur temps, croupissent dans l'emploi de capitaine, commandant de bataillon, de lieutenant-colonel, incapables d'en remplir les fonctions, inconnus de tous les officiers généraux, méprisés des propres officiers de leur

régiment et souvent forcés de quitter leur
lieutenance-colonel par l'incapacité de commander. Mettez-vous bien dans la tête que
pour se rendre capable de commander il faut
savoir obéir et avoir obéi longtemps.

Si vous suivez le plan d'études que je vous
donne, je vous préviens que vous ne tarderez
pas à en savoir beaucoup plus, non seulement
que vos camarades, mais même que les chefs
de la plus grande partie des régiments. Il est
agréable de pouvoir en peu de temps, avec un
peu d'application, acquérir ce que n'ont pu
avoir des officiers, qui ont trente ans d'expérience. Votre amour-propre en sera flatté ;
mais gardez-vous bien de vous y livrer. Soyez
modeste à proportion de ce que vous aurez
de connaissances et de lumières ; évitez de
donner de la jalousie à vos camarades, de les
faire apercevoir de leur ignorance ; ne parlez
jamais de vos études et de vos progrès ; bornez-
vous à faire provision de matériaux dont vous
ferez usage, quand vous serez à la guerre.
Cherchez alors à vous faire connaitre pour ce
que vous vaudrez, de ceux qui seront en place
et qui pourront mettre en œuvre vos talents et
votre esprit. Si vous êtes connu de quelqu'officier général, faites-lui votre cour assidument;
montez à cheval et suivez-le dans ses promenades, dans la visite des postes, à un détachement qu'il commandera, ou à un fourrage ; s'il

monte la tranchée, demandez-lui la permission
de lui servir d'aide de camp pour cette nuit-là ;
bien entendu, quand vous ne serez pas à portée
d'être commandé de service. Car, je le répète,
votre devoir doit aller avant tout.

Soyez persuadé que rien ne vous perfection-
nera plus que de servir ainsi des officiers
généraux. Vous verrez mettre en œuvre tous
les principes que vous aurez appris et vous
ne serez pas comme cette foule d'ignorants
qui, toute leur vie, assistent à des opérations
sans y rien comprendre.

Je ne m'étendrai pas davantage sur ce qui
concerne l'étude militaire. J'en ai trop dit si
vous n'êtes pas touché et n'avez pas envie de
devenir un homme de guerre. J'en ai dit assez,
au contraire, si vous avez l'ambition d'un
galant homme et que vous soyez flatté de
mériter l'estime des bons officiers. Vous trouverez dans les différents livres que vous lirez
tout ce qui a rapport au métier, et que j'ai pu
omettre.

Sciences diverses. — Mais quelqu'importante et curieuse que soit l'étude de l'art
militaire, vous la trouveriez sèche et en seriez
dégoûté, si vous vous y livriez totalement et
sans relâche. L'esprit ne s'accommode pas
d'un travail continuel, sur la même matière.
Il faut non seulement du relâche, mais de la

variété ; d'ailleurs la science militaire ne suffit
pas, quoiqu'elle soit l'importante d'un homme
de guerre. Vous ne serez pas toujours à la
guerre, campé ou dans une garnison.

Vous vivrez dans le monde à Paris, ou ailleurs, avec des hommes de tous états, qui vous
parleront de toute autre chose et que vous
ennuiriez beaucoup, si vous parliez toujours de
guerre. Il faut donc tâcher de vous familia-
riser dans les autres sciences et en avoir au
moins une teinture, afin de n'être pas déplacé
avec quelque compagnie que vous vous trou-
viez et de pouvoir vous y amuser et y dire
votre mot.

Vous vous arrangerez suivant le temps que
vous aurez, pour en donner une partie à l'étude
de votre métier, le reste sera partagé à celle
d'une infinité de choses que vous ne devez
pas ignorer, telles que le blason, la géographie,
la chronologie, les arts, la morale et dont je
vous donnerai un catalogue avec les livres qui
vous seront nécessaires.

Mais ce qui doit emporter la plus grande
partie de cette moitié du temps, c'est
l'étude de l'histoire. Elle est par elle-même
fort agréable ; vous vous meublez la tête
d'une infinité de faits dont vous faites usage
et montre dans l'occasion et vous en tirez
souvent des principes de conduite admi-
rables. Mais pour en tirer ce profit, il faut

lire avec beaucoup de règle, d'ordre et d'application.

Par règle, j'entends de ne jamais lire un livre d'histoire qu'avec une carte de géographie du pays sous les yeux et une plume à la main, pour faire de courts extraits de tous les événements, anecdotes ou raisonnements qui mériteront d'être conservés dans votre mémoire. Joignez-y, autant que vous le pourrez, des tables chronologiques. Rien ne vous inculquera autant les faits dans la tête et ne vous fixera les époques. Vous y verrez encore ce qui se passait dans les pays étrangers à celui dont vous lisez l'histoire, dans le même temps. Vous ne sauriez croire combien cette méthode est utile pour un jeune homme, dont la tête est encore fraîche. Elle assure sa mémoire.

Par ordre, j'entends un système suivi dans le choix des histoires que vous lirez; sans quoi, il se formera dans votre tête un chaos que rien ne pourra débrouiller. Vous confondrez les temps et les événements et vous jugerez des Saxons d'aujourd'hui par ce qu'ils étaient, quand ils ont fait la guerre à Charlemagne. Cet ordre si important demande que vous commenciez l'étude de l'histoire par la plus ancienne et la plus vraie de toutes; je veux dire l'histoire sacrée, qui vous conduira jusqu'à la naissance de Jésus-Christ, la plus célèbre de nos époques et la plus intéressante.

Vous prendrez alors connaissance de l'histoire profane. M. *Rollin*, que vous avez déjà lu, suffit pour vous apprendre tout ce qu'il est important de savoir des anciens empires, des Perses, des Assyriens, des Babyloniens, Mèdes, Egyptiens et des Grecs. Vous lirez dans la suite *Hérodote*, *Thucydide*, *Xénophon*, etc.

L'histoire romaine demande à être plus approfondie. Les temps sont plus près de nous, les mœurs plus policées, les faits plus instructifs. D'ailleurs l'empire romain étant la souche qui a produit la plus grande partie des États qui subsistent dans notre continent, il est essentiel de bien connaître la naissance, les accroissements et la décadence de la puissance la plus formidable qui ait jamais existé et de savoir le moment où chaque petit État s'est séparé du tronc. Vous pouvez finir l'histoire Romaine de M. *Rollin* que vous avez commencée. Je ne l'ai pas lue ; mais je doute qu'il ait pu donner la perfection qu'on doit attendre d'un écrivain aussi savant. Vous devez lire dans la suite *Tite Live*, *Saluste* et autres auteurs latins, ainsi que les révolutions du *Prince d'Orléans* et l'histoire romaine de *Laurent Echart*. Lorsque vous aurez fini l'histoire romaine, appliquez-vous à la partie qui traite du démembrement des différents États qui composaient ce grand empire et voyez la naissance de tous ceux qui composent aujour-

d'hui l'Europe, dont l'histoire est plus intéressante pour vous ; ce qui n'empêche pas que
vous ne donniez un coup d'œil sur ce qui s'est
passé en Asie, les révolutions de l'empire
d'Orient, les conquêtes des Sarrasins, des Tar-
tares et enfin des Turcs.

Mais ce qui vous intéressera le plus alors et
qui vous sera le plus utile dans le cours de
votre vie est l'histoire de France. C'est votre
pays et il serait honteux de ne pas la savoir
parfaitement. *Mezeray*, le P. *Daniel* suffisent
pour les deux premières races et pour la troisième jusqu'à François Ier. Mais il faudra, à
commencer de son règne, joindre à ces deux
histoires tout ce que nous avons d'histoires
particulières, de mémoires, journaux, anecdotes, surtout depuis le règne de Charles IX.
L'histoire en est aussi amusante qu'intéressante et vous aurez tous les jours occasion de
jouir des avantages que vous aura procurés
cette étude. Mais ces différentes histoires particulières étant en grand nombre et demandant
du choix, vous n'en ferez usage que dans quelques années et vous vous bornerez dans les
premières à *Mezeray* et au *P. Daniel*.

Vous lirez ensuite des abrégés de l'histoire
d'Allemagne, d'Italie, d'Espagne, d'Angleterre,
des Pays-Bas, de Suède, du Danemarck, etc.
Après quoi vous pourrez prendre une connaissance légère des Perses, du Grand-

Mogol, de la Chine, des Africains et de
l'Amérique.

Voilà à peu près le plan que vous devez tenir dans l'étude de l'histoire, ce qui n'empêche
pas que vous lisiez dans l'intervalle et en
forme de récréation des histoires particulières,
telles que la vie de Henri IV, de *Théodore
d'Aubusson*, etc.

Je finirais à votre place par la belle histoire
ecclésiastique de M. l'abbé *Fleury*. Il n'y a
que vingt-trois volumes de la plume de cet
habile historien ; mais elle a été suivie par
d'autres et cette suite mérite d'être lue. C'est
une lecture de longue haleine, mais bien utile
pour fortifier dans les principes de la religion.

J'aurais, sur tout cela, beaucoup d'autres
avis à vous donner; mais je les réserve pour un
temps où vous aurez l'esprit plus mûr et acquis plus de connaissances. Bornez-vous,
quant à présent et pour votre première année
d'absence, à la lecture de la Bible de *M. de
Sacy* et à celle du catéchisme de Montpellier.
Ces deux livres, lus avec une grande attention
et réflexion, suffisent pour apprendre les principes de la religion. Bornez-vous pour l'histoire à l'étude des principes de l'abbé *Langlet*
accompagnés de celle de la géographie et à la
lecture réitérée de l'histoire universelle de
Mgr de Meaux.

Lisez, pour vous augmenter le goût des sciences et vous en faire connaître les avantages, le traité du *Vrai Mérite*, le *Traité des Etudes* de *M. Rollin* et la *Science de la Robe et de l'Epée*. Mais que tout ce que vous y verrez ne change rien à votre plan et ne vous donne pas la fantaisie d'acheter et de lire tous les bons livres que vous y verrez cités.

Chaque science aura son temps et je vous répète que si vous voltigez et courez d'une science à l'autre, vous n'en acquerrez jamais aucune et ne ferez qu'un chaos dans votre tête ; au lieu que, si vous suivez l'ordre et la règle que je vous ai prescrits, chaque chose se placera dans votre mémoire comme dans un magasin, où vous la retrouverez dans l'occasion.

Ne négligez pas votre latin. Tâchez au contraire de vous y perfectionner. Vous verrez, dans les livres ci-dessus, combien Horace, Virgile, Juvénal, Térence sont estimés et combien, par conséquent, il vous est utile de les bien entendre pour en sentir toutes les beautés. Si vous vous négligez actuellement sur cette langue, vous n'y reviendrez plus de votre vie et vous oublierez même ce que vous en savez.

Je vous ai dit plusieurs fois combien il était utile et nécessaire d'apprendre à se connaître soi-même et à connaître les hommes, puisque vous ne pourrez parvenir à vous conduire dans le monde que par cette connaissance. Les *Caractères* de *La Bruyère*, les *Essais de littérature* de l'*Abbé Trublet* vous seront d'un grand secours, aussi bien qu'une infinité de traits du Traité des Etudes de M. Rollin, pourvu que vous apportiez à cette étude toute l'application qu'elle mérite.

Vous avez d'autres livres dont vous ferez usage, ainsi que nous en sommes convenus, tels que ceux qui ont rapport au blason, aux mathématiques, à l'histoire de France, etc.

————

Conclusion

Mais je reviens à dire que votre première étude, dès les premiers jours de votre arrivée, doit être celle de la partie du service qui a rapport à votre état actuel de lieutenant d'infanterie dans une garnison. Apprenez bien l'exercice, le salut du sponton, la façon de monter la garde et tout ce que vous devez faire pendant les vingt-quatre heures que vous êtes de garde. Les officiers majors, ceux avec qui vous mangerez et les livres militaires que je vous ai donnés vous suffisent.

Dès que vous serez arrivé au régiment, faites-vous présenter au lieutenant-colonel et à

tous les commandants du régiment. Rendez
visite aussi à tous les capitaines et à tous les
lieutenants jusqu'au dernier enseigne. Faites
tous vos efforts pour mériter leurs bontés et
leur amitié. Apprenez à connaître tous les
soldats de votre compagnie. Ayez grande attention à tout ce qui s'y passe. Rendez-en
compte à M. de R..., qui en est le capitaine, et
prenez ses ordres sur ce qu'il voudra que vous
fassiez. Conduisez-vous en conséquence.

Lorsque vous serez établi et toutes vos
visites faites, formez-vous un plan de vie ré-
glé, de façon que votre temps soit employé
utilement. Le vrai moyen est de vous coucher
de bonne heure et de vous lever matin. Vous
aurez toute la matinée libre, et c'est le temps le
plus commode pour travailler. Partagez cette
matinée de façon que vous étudiiez un peu de
toutes les matières prescrites. Tâchez de rentrer chez vous sur les quatre heures, à l'insu
de vos camarades, et d'y employer encore deux
ou trois bonnes heures. Vous pouvez réserver
les mathématiques pour l'après-midi.

Dès le lendemain ou le surlendemain de votre
arrivée, écrivez à votre père et à moi pour nous
en donner des nouvelles. Vous pouvez faire ces
deux lettres courtes. Mais quatre ou cinq jours
après, écrivez-moi longuement et me faites le
détail de tout ce que vous aurez fait à votre
entrée dans le régiment. Accoutumez-vous

petit à petit à vous former un style et surtout à rendre compte de vos actions. Il ne faut sur cela qu'un peu de réflexion sur le passé.

Dans une quinzaine de jours, écrivez une lettre de politesse à Mme D... Vous pouvez me l'adresser et la mettre dans la mienne en m'écrivant. Écrivez-moi régulièrement, une fois la semaine, et plus, quand il y aura quelque chose qui en vaudra la peine, comme départ du régiment, etc.

Relisez de temps en temps tout ce qui est contenu dans ces feuilles. Lisez-le avec réflexion et bornez-vous à un article pour chaque lecture. Rappelez votre conduite passée et voyez si elle aura été conforme à ce que je vous y prescris. Si elle ne l'a pas été, corrigez-vous et tâchez d'être plus exact.

Travaillez, sur toutes choses, à vaincre votre caractère de lenteur et d'indolence. Secouez et aiguillonnez votre âme et votre esprit. Occupez-le toujours de choses utiles et perdez la mauvaise habitude de *rêver à rien*. Vous vous perdriez et seriez, dans la suite, incapable de tout. Rien de si important que cet article ; votre fortune et votre bonheur en dépendent.

Je vous renouvelle tout ce que je vous ai dit sur la pratique de la religion et sur l'économie.

Si vous pratiquez tous les conseils que je vous ai donnés, vous serez un jour un homme de mérite, aimé et estimé de tous les honnêtes gens et vous trouverez en moi un ami fidèle, qui ne vous manquera jamais. Si, au contraire, vous les négligez, vous serez méprisé et je serai le premier à vous abandonner à votre propre conduite et à vos lumières que vous verrez dans la suite n'être que ténèbres. Que les discours des jeunes gens ne vous fassent pas d'impression. Ils ne s'intéressent point à vous. Ainsi ils sont suspects.

FIN.

TABLE

———

Orléans. — Imp. P. Pigelet